标准诗丛

重量

芒克集

1971~2010

作家书房记

重量

芒克集

1971~2010

芒克

● 本名姜世伟，七十年代初开始写诗。1978年底与北岛创办文学杂志《今天》。曾在国内外出版诗集《心事》《阳光中的向日葵》《芒克诗选》《没有时间的时间》《今天是哪一天》《芒克的诗》，长篇小说《野事》，随笔集《瞧，这些人》。作品被翻译成英、法、意大利、德、西班牙、荷兰、瑞典、丹麦、希腊、俄、日、韩、阿拉伯等多种文字。曾应邀访问法国、意大利、英国、西班牙、荷兰、澳大利亚、美国、瑞典和日本等国进行文化交流。现居北京，从事写作和油画。

目录

第一卷 诗

第二卷 文

诗

心事（1971—1978）

葡萄园

一小块葡萄园
是我发甜的家

当秋风突然走进喔喔作响的门口
我的家园都是含着眼泪的葡萄

那使院子早早暗下来的墙头
有几只鸽子惊慌飞走

胆怯的孩子把弄脏的小脸
偷偷地藏在房后

平时总是在这里转悠的狗
这会儿不知溜到哪里去了

一群红色的鸡满院子扑腾
咯咯地叫个不休

我眼看着葡萄掉在地上
血在落叶中间流

这真是个想安宁也不得安宁的日子
这是在我家失去阳光的时候

初写于1971年
修改于1978年

致渔家兄弟

你们好！渔家兄弟
一别已经到了冬天
但和你们一起度过的那个波涛的夜晚
却使我时常想起

记得河湾里灯火聚集
记得渔船上话语亲密
记得你们款待我的老酒
还记得你们讲起的风暴与遭遇

当然，我还深深地记着
就在黎明到来的时候
你们升起布帆
并对我唱起一支忧伤的歌曲

而我，久久地站在岸边
目送你们远去
耳边还回响着
冰冻的时候不要把渔家的船忘记
啊，渔家兄弟
从离别直到现在

我的心里还一直叮咛着自己

冰冻的时候不要把渔家的船忘记

1971年

城市

1

醒来
是你孤零零的脑袋

夜深了
风还在街上
像个迷路的孩子
东奔西撞

2

街
被折磨得
软弱无力地躺着

那流着唾液的大黑猫
饥饿地哭叫

3

这城市疼痛得东倒西歪
在黑暗中显得苍白

4

沉睡的天
你的头发被深夜揉得零乱
我被你搅得
彻夜不眠

也许是梦
猜透了我的心情
才来替我抒情
啊，那被你欺骗着的
数不清的眼睛

5

当天空中
垂下了一缕阳光柔软的头发

城市
浸透着东方的豪华

6

人们在互相追逐
给后代留下颜色
孩子们从阳光里归来
给母亲带回爱

7

啊，城市
你这东方的孩子
你在母亲干瘪的胸脯上
寻找着粮食

8

这多病的孩子对着你出神
太阳的七弦琴
你映出的却是她瘦弱的身影

9

城市啊
面对着饥饿的孩子睁大的眼睛
你却如此冰冷
你却无情

10

黑夜
总不愿意把我放过
它露着绿色的一只眼睛
可是
你什么也不对我说
夜深了
这天空似乎倾斜
我便安慰我
欢乐吧
欢乐是人人都会有的

1972年

冻土地

像白云一样飘过去送葬的人群
河流缓慢地拖着太阳
长长的水面被染得金黄
多么寂静
多么辽阔
多么可怜的
那大片凋残的花朵

1973年

秋天

1

果子熟了
这红色的血
我的果园
染红了同一块天空的夜晚

2

秋天
你这充满着情欲的日子
你的眼睛为什么暴露着我

3

在开花的时候
孩子们总要到田野里去做客
他们的欢乐
如今陪伴着耕种者
又走进这收割的季节

啊，秋天
我没有认错
你同样是开花的季节

4

你眼睛里的云朵
漫无目的地飘着
秋天呵
太阳为什么把你弄得这样瘦小

5

你怀中抱着的是什么
你寻找的是什么
那阳光下忧郁的人们
男人，女人，孩子，粮食
是一个家庭的需要
那就把摇篮里装满粮食

6

不要给孩子带来更多的眼泪

他们没有罪

7

带上那阳光中的一朵玫瑰红
把它献给爱情

8

啊，秋天
你隐藏着多少颜色
黄昏，姑娘们浴后的毛巾
水波，戏弄着姑娘们的羞怯
夜，在疯狂地和女人纠缠着
秋天
秋天不逊色

9

秋天，我的生日过去了
你没有留下别的
也没有留下我
秋天

果子熟了
这红色的血

10

啊，你这蹲在门口的黑夜
我的寂寞
秋天来了
秋天什么也没有告诉我

1973年

献诗：1972—1973

给生活

我时常去向山谷呼喊
当山谷送来了我的声音
我的声音
震动了我的心

给白洋淀

伟大的土地呵
你引起了我的激情

给太阳

你又一次地惊醒
你已满头花白

给诗人

你是飞向墓地的老鹰

给一位姑娘

时间并不理会人性
但在匆忙的相遇中
她似乎也给我留下了温情

给夜晚

没有能使男人发昏的女人
也没有能使女人怀孕的男人

给小平的十八岁

在多病的孩子睁大的眼睛中
去理解美

给诗

那冷酷而又伟大的想象
是你在改造着
我们生活的荒凉

给人

只有地球便够了

给朋友

这软弱无力的双手
将变成强有力的拳头

给冬天

生命
像火柴一样地点燃
为了温暖
为了燃烧
也为了烧完

给我的二十三岁生日

漂亮
健康
会思想

1973年

天空

1

太阳升起来
天空血淋淋的
犹如一块盾牌

2

日子像囚徒一样被放逐
没有人来问我
没有人宽恕我

3

我始终暴露着
只是把耻辱
用唾沫盖住

4

天空，天空
把你的疾病
从共和国的土地上扫除干净

5

可是，希望变成了泪水
掉在地上
我们怎么能确保明天的人们不悲伤

6

我遥望着天空
我属于天空
天空呵
你提醒着
那向我走来的世界

7

为什么我在你的面前走过
总会感到羞怯
好像我老了
我拄着棍子
过去的青春终于落在手中
我拄着棍子
天空
你要把我赶到哪里去
我为了你才这样力尽精疲

8

谁不想把生活编织成花篮
可是，美好被打扫得干干净净
我们这么年轻
你能否愉悦着我们的眼睛

9

带着你的温暖

带着你的爱
再用你的绿舟
将我远载

10

希望
请你不要去得太远
你在我身边
就足以把我欺骗

11

太阳升起来
天空——这血淋淋的盾牌

1973年

路上的月亮

1

月亮陪着我走回家
我想把她带到将来的日子里去
一路静悄悄

2

咪，咪，咪
请你不要再把我打搅
你是人吗
也许你比人还可靠

3

当然了
没有比做人更值得骄傲
而你呢
你是猫
猫生下来就骚

4

我想把她带到将来的日子里去
不论怎样
想一想总比不想好

5

生活真是这样美好
睡觉

6

月亮独自在荒野上飘
她是什么时候失掉的
我一点儿也不知道

1973年

太阳落了

1

你的眼睛被遮住了
你低沉、愤怒的声音
在阴森森的黑暗中冲撞
放开我

2

太阳落了
黑夜爬了上来
放肆地掠夺
这田野将要毁灭
人
将不知道往哪儿去了

3

太阳落了
她似乎提醒着
你不会再看到我

4

我是多么憔悴
黄种人
我又是多么爱
爱你的时候
充满着强烈的要求

5

太阳落了
你不会再看到我

6

你的眼睛被遮住了
黑暗是怎样地在你身上掠夺
你好像全不知道
但是
这正义的声音强烈地回荡着：
放开我

1973年

白房子的烟

白房子的烟
又细又长
那个女人慢慢地走向河滩……

那儿漂过去半段桅杆
上面布满了破碎的弹片

1973年

回家

他受伤的眼睛前是一排铁栅栏，
透过打滚的早晨
朦胧的城市像一个孩子一样
拼命地在母亲枯萎的胸膛上寻找粮食。

冬天头一次地放声痛哭，
穿过新年简陋的门槛，
他闭起了眼睛……
挨了打的城市露出了像婴儿一样的青屁股。

天空像一只眼睛的大灰猫，
低垂的云——
这猫的软绵绵大尾巴
软弱无力地抖下了上面的雪花，

他头顶着雪花。
沿着一缕黑烟的影子走着，
每一个路过的地方
那大群的像帐篷一样的坟头
点缀着旷野的荒凉。
他走进了城市。
城市好像是在夜晚流了大量的口水，

每一条街都是一层光溜溜的冰。

当太阳光用长长的手臂
抱紧了这蓝色的城市，
无数种音响忽然在蓝色中飘荡。

钟楼下蜷曲着过夜的老人，
早起的女人争先恐后地忙碌着，
偶尔的，一个被深夜揉乱了头发的妇人
把污水泼在了道路上，
道路伸向远方。

他抬起了头，
灰色的眼睛里露出了惊奇的光芒，
"啊，故乡，
你一直在我孤零零的脑袋里，
如今，我回来了，
可我看见的你又好像不是你……"
钟声响起，
这声音就好像敲响了乞丐的饭碗，
叫卖，争吵，呼喊……
穷人家的孩子嘴里叼着冰串。
也有穿着厚厚衣裳的孩子，
他们连耳朵都套上了毛皮罩，
手里拿着亨得利的蛋糕，
嘴里吹着父亲教给的口哨。

他给拉炭的老马让开了路，
患了感冒的老马流着鼻涕，
赶车的老头咳嗽着
伴着打滑的马蹄声。

沿街的窗户都关得紧紧的，
住户们把温暖一点儿都不放出来，
惟有屋顶上那些像裤腿一样的烟囱
冒着热气，
一股一股的。

高大华丽的建筑孤独地伫立着，
普通的人不去看它，或者也不想它，
就像死水坑里的青蛙一样，
不知道，或者也不想知道还有海洋。

他看了一眼，
也许从远方归来的人总愿意看一看，
但是，毫无兴趣，
他继续背朝着一个方向走着。

这里，他住过，
那里，他也住过，
他好像住过很多地方，
高大的楼房又算得了什么?!

怎比得上那长满了酸枣刺的小山坡！

"小心啊，草丛里的小鸟，
脖子不要套住圈套。"
他记得，
住过，偷偷摸摸地住过，
像淫荡的夜溜进了女人的卧房，
搂着，裹着，咬着……
"漂亮的孩子属于谁的?
漂亮的孩子难道只属于漂亮的妈妈的?"

他走着，想着，
仿佛感伤抓住了他的脖领子，
"他妈的!
为什么漂亮的孩子不属于漂亮的爸爸的?!"

风像绳子一样地绊着他的双腿，
风好像在往每一扇窗户上吐唾沫，
一座好似朽透了的棺材一样的楼房，
流下了雪的眼泪，
流水筒不停地作响。

受伤的玻璃贴满了白胶布，
大门哐哐地发响
好像大门里关着希望，
他默默地站立着，

面对着破楼

像一尊没有雕刻好的石像。

"她还在吗?

孩子多大了?"

一个秃头的老妇人拖着沉重的步伐走来,

手里抓着一只瘦鸡简直像乌鸦。

"喂,

你——你可是彭刚大妈?

我——我是鲁马佳,

怎么不认识啦?!"

"噢,原来是你回来啦,

你找谁?

她早不在这儿啦。"

"这——那她……"

"她——

她已经改嫁啦,

嫁给一个有钱的人

一位歌唱家。

噢,他们还生养了一个孩子……

对啦,她原来的那个孩子早死啦。"

"什么?!

早死啦!"

"是啊，

可怜那个孩子没有爸爸。"

他背朝着一个方向走着，

他现在怀疑自己

我真的回来了吗？

唉，不要可怜自己，

他突然开口大骂！

此诗写于1973年

录自严力收藏的芒克手稿

十月的献诗

庄稼

秋天悄悄地来到我的脸上
我成熟了

劳动

我将和所有的马车一道
把太阳拉进麦田……

果实

多么可爱的孩子
多么可爱的目光
太阳像那树上的苹果
它下面是无数孩子奇妙的幻想

秋天的树林

没有你的目光

没有你的声音
地上落着红色的头巾

遭遇

那是个像云片般飘动着的
女人的身影

小路

那在不停摇摆的白杨
那个背靠着白杨的姑娘
那条使姑娘失望的弯弯曲曲的路上……

风

我很想和你说
让我们并排走吧

云

我爱你

当你穿上那件白色的睡衣

河流

疲劳的人儿
你可愿意让我握住那只苍白的小手

妻子

我将把所有的日子
都给你带去

土地

我全部的情感
都被太阳晒过

垦荒者

我是河流
我是奶浆
我要灌溉

我要哺养
我是铁犁
我是镰刀
我要耕种
我要收割

日落

太阳朝着没有人的地方走去了

孤独

小路，小路
我和你淹没在雾的深处

重逢

繁重的劳动
沉重的生活

浮冰

好一块白色的甲板

你可记得
在那里埋葬的往事和沉船

童年

那是一条我曾迷失过的道路

幸福

也许是
我生下来就为了爱你

命运

最了解你的
就是你自己

自然

她是美丽的
她是大家的

遥望

过去的一切
可都是真的

夕阳

你想落在哪里
就请落在哪里吧

桅杆

只是挥手告别了落日
那只红肿的眼睛

歌

对将来的抒情
仅仅是为了以往的罪过

孩子

那向我走来的黑夜对我说
你是我的

露宿

面对面坐着
面对面沉默
遍地是窝棚和火堆
遍地是散发着泥土味的男人的双腿

酒

那是座寂寞的小坟

田野

在她那孤零零的坟墓上写着：
我没有给你留下别的
我也没有给你留下我

生活

那早已为你准备好了痛苦与欢乐

路灯

整齐的光明
整齐的黑暗

回忆

你呀
这红红绿绿的夜
又不知该怎样地把我折磨

感情

猛地惊醒
便又爱上了寂寞

青春

在这里
在有着繁殖和生息的地方
我便被抛弃了

岁月

生活向我走来了
从此她就再没有离开过我

诗人

带上自己的心

黎明

但愿我和你怀着同样的心情
去把道路上的黑暗清除干净

白洋淀

别忘了
欢乐的时候
让所有的渔船也在一起碰杯

船

到那个时候
我将和风暴一块儿回来

爱情

即使你离我很远很远
我也一定会记着
是我的
你全都赋予了我

选择

最好

在一个荒芜的地方
安顿我的生活
那时
我将欢迎所有的庄稼
来到我的田野

遗嘱

不论我是怎样的姓名
希望
把她留在这块亲爱的土地上

1974年

给

1

有我
还有真诚
有她默默地说给你听——
啊，我那全部输掉了的爱情

我既是以往
也是现在
而你却好像是将来

2

假如胆怯再也不会存在
假如你说了
快从这太阳底下滚开

那我将一百次地重复
绝不虚伪
你比太阳更可爱

1974年6月

街

我至今不清楚自己准确的年龄大概已活了十几年
可是我却知道我的脑袋什么乌七八糟的事都想
我走在街上双脚使劲儿地踩着一个女孩儿的影子
从我身旁晃悠着走过一个被拍着屁股的婴儿睡着了
离我不远的那个老头儿不知他从地下捡走了什么
谁也不理睬那些孩子们挺着肚皮在大街上撒尿
我突然被吓了一跳竟有人把狗放出家门我急忙躲开
人群中不知是什么人在众目睽睽之下呕吐一地
我视而不见转身发现对面一双大胆而放荡的眼睛
我简直不明白她为何这副模样她为什么要出来丢脸
迎面一个无事可干的男人胖得油亮直眉瞪眼地盯着我
我猜不出他想干什么他肚子里打着什么主意
真是讨厌一只挨了打的猫冲着一个呆子叫个没完
我对着它指手画脚地嚷嚷你怎么不蹿上去抓他的脸
可是这个笨蛋反倒逃跑了我诅咒它决不会有好下场
在高处有扇窗户打开着并且挑出一个丑姑娘的面孔
我同她打个招呼闹着玩儿却把她的头吓得缩了进去
我真想不出她想的是什么我感到好笑又觉得无聊
忽然一个女人惊惶的声音像急救车一样尖叫着跑过
紧跟着在她后面传来一个凶恶的男人满嘴的脏话
看热闹的人议论纷纷当中还有人比划着下流手势
一个小伙子把痰吐在了那个画在墙上的女人的身上

我差点儿摔了一跤真他妈的居然路上堆着垃圾
那一头碰在我背后的乞丐他双脚在地面仔细地寻找
这会儿看来已到了晚饭时间只见有钱的走进了饭馆
而一个油头粉面的家伙却急忙解着裤带钻进厕所
街上的人开始渐渐稀少我注意到他们都回家了
就连那个太阳也好像有家似的它这时也匆匆溜走
天黑了下来我仍旧在街上游荡感到肠胃一阵疼痛
我现在真想发疯似的喊叫让满街都响起我的叫声

1974年

黑夜在昏睡

狂风喊着我所不懂的话
黑夜在昏睡

是你们该离别的时候了
激情、幻想和梦

我用呻吟伴着你的琴
我要拒绝一切安慰

狂风喊着我所不懂的话
黑夜在昏睡

我的天堂，只住着我
我又是谁

1975年

我是风

1

北方的树林
落叶纷纷
北方的家园
一片丰收的情景

听，都是孩子
那里遍地都是孩子

一溜烟跑过去的孩子
给母亲带去欢乐的孩子

看，那是辆马车
看看吧
那是拉满了庄稼和阳光的田野
北方的树林
落叶纷纷
我每到这里就来和你幽会
请听我说
我是风

2

和田野里劳动的孩子一样
我非常热爱天空
当辉煌的太阳一出来
那是母亲睁开的眼睛

和田野劳动的孩子一样
我非常热爱天空
热爱母亲

北方的树林
我对你恋恋不舍
但母亲在召唤
我要和她一起去收割

3

道路飘向远方
抬头看见
那孤零零的头巾下面掠过一道目光

落叶飘扬

侧耳听见

那落叶中发出了告别的喧响

北方的树林

我美丽的情人

远去的风

在向你歌唱

1975年

大地的农夫

我想把我放进每一个沉睡的家园
我愿去做人们的眼睛和耳朵

我想让我走进每一处劳动的人群
我愿成为他们的力量和手

我想把我变成每一种语言
我去做所有人的声音

我想我若能深入到人民的心里
我就去做你们的歌

1976年

写给珊珊的纪念册

走进你安睡的墓地
我的心是朵白色的小花

走进你沉静的黑夜
我的眼睛是泪的烛火

走进你灵魂的天堂
我的嘴唇是悼念的花环

走进你思想的住所
我的歌是悲泣的哀乐

你崇高而又纯洁
你骄傲的名字就在这里安息着

1976年

心事

1

大地灰蒙蒙

我久久地望着你
我什么也不想说

2

呵，天空
难道这是你的胸脯
难道这是你冰冷的胸脯

3

太阳闭上了明亮的眼睛
我想拥抱你
我想用爱情的琴
为你弹拨歌曲

4

心是宝石
诗是花篮
可是
你是什么
你是冷若冰霜的天空
你是默默无声的土地

5

难道就不能让我们亲近一点儿
难道就不能让我看见你绯红的笑脸

瞧，那里落满了晚霞
那里遍地都是花瓣

6

好一片美妙的黄昏
你微笑的嘴唇涂着淡淡的口红

我要从胸膛里
给你掏出亲切的致意
我要向你抛去多情的眼神

7

我在暗处
路已消失

月亮出来了
月亮靠着一棵摇摆的小树

8

喂，你怎么了
你让我给你点儿什么

喂，你有家吗
你的家在哪儿

9

没有回答

只有回声

我用力地向你呼喊
我两手空空

10

夜是孤独的
她低着头

她好像在说着什么
夜

11

当然了
爱你的人
对你一定有所要求
即使你穿上天的衣裳
我也要解开那些星星的纽扣

12

我会爱人

我也将被人所爱

可是
我也曾悲伤地想
什么时候
这一切连同我都会消失呢

13

命运啊
你将要把我带到哪里去

我心事重重

14

痛苦依然是痛苦
甜蜜依然是甜蜜

你最好是梦
梦像鸟儿一样飞了

15

又是秋天
又是落叶
又是这条孤零零的小路

又是悲哀
又是寂寞
又是这最黑暗的时刻

1977年

海岸·海风·船

海岸

我想把我揉碎
撒在长长的沙滩
我想用我的血肉
去喂饱饥饿的海水

我想让大海的眼睛
深情地望着我
我想让她的睫毛垂下来
掸去颗颗的眼泪

我想把每一次海的喧响
都带到睡梦中去
我想把风暴的欢笑
当成最好的安慰

过来吧，大海
让你沉默的额头
贴上我的胸膛
贴上我的爱

海风

我要吐出
绿色的月亮
它将照耀
我道路的前方

我要举起浪花
向着陆地奔跑
我要亲切地呼唤
扑进她温暖的怀抱

告别了
沉睡的海鸥
用手拨开
浮动的海岛

云朵好像是我插上的翅膀
在这无边的夜色里
只有它和我
在一起匆忙地飘

船

在波涛的上面
我竖起胳膊的桅杆
我是被海浪抛起的孩子
遥望着寂静的海岸

只是一片黑暗
只是那合上的眼睑
一只肉体的锚
我把它沉在漆黑的深渊

我的躯体
在海的腹部蠕动
我的泪水
含着苦涩的盐

我的喉管
发出海的呼喊
我的心上
跳动着一片孤独的帆

写于1978年

荒野

我遍体鳞伤
躺在黎明时的北方
只觉得
一条条金色的河水
像一道道止不住血的伤口
在我身上
静静地流淌

只有云层
把它野性的面孔
朝我挨近
我感觉到了
她那乡土的气息
和带着汗味的肉体
只有云层纠缠着我
我用力地挣脱着
你走开吧
让我独自留在这里

面对着发黑的天际
一个红色的身影渐渐远去
一个白色的身影又向我走来

牵着微风颤栗的小手
她把一块月光的白布
蒙在我的脸上

蒙住了我的眼睛
蒙住了我的呻吟
可是我的心
却高举在手中
她是一束鲜花
她是一束光明

我多么希望
把这鲜花和光明
连同我的名字和眼睛
一块儿都刻进自己的碑文
我多么想看到
明天或将来
那到这里来开垦
和来为我哀悼的人们

1978年

旧梦 (1981)

旧梦

一

你撩开黑暗，赤裸着身体
犹如一束光亮被投射在地
你目光燃烧，四下寻觅
你随手把星星拾得干干净净
你体态轻盈，一步步踏上
我心灵的台阶，你把我从
噩梦出没的昏睡中惊醒
你悄然无声，打开我眼睛的窗户
那灯光嗡嗡响的翅膀已飞得无影无踪
好似温柔的妻子，你拥抱我
你嘴唇鲜红的花瓣落满了我的全身
如同久别相逢，如同我们
置身于一片萧瑟的果园之中
你伸着手，而我的心在枝头颤抖
又像重温旧梦，欢乐仅仅是一阵风
你去了，不知你哪里去了
可我们并非无情

二

你看，你的四周是多么宁静
一道道夕阳的光线围绕着你
仿佛围绕着一排栅栏
你看，你头上的天空是多么辽阔
空空荡荡，偶尔飞来一片云朵
你把手挥动着，好像是捕捉蝴蝶
你看，日落了，那日落时的晚霞
又是多么忧伤！她独自一人
她朝远处走去，她头也没回
你看，又一个夜晚降临了
你周围的阳光变成了黑色
但在黑色中间却呈现出点点殷红
喂，你看到这暗中的花朵了吗
她虽然已几经摧残
但她依然热爱着这块土地
这花朵就是你的心呵
这花朵在热情地开放

三

这里是黑夜

这四周都是墙壁

但唯有你的头上没有屋顶

你的头上是一块绣着星辰的天空

你常常用它，在哭泣的时候

擦去脸上的泪痕

这里是黑夜

这黑夜是把你禁锢的墙壁

你时常在入睡的时候

为了挣脱开那粗暴的墙壁的手臂

而乞求于天空

可天空呵，她在这里所能给予你的

却只是那来探望你的眼睛

四

天空已昏昏欲睡

朦胧中，你看着她

她袒露着一轮月亮

这时，夜突然变得阴沉

他走过来，用黑暗把她盖上

这时，你只好去睡了

你躺下，却听见那角落里

有一对热恋着的花儿，有一对

凋零的花儿，他们正在脱去衣裳

天空已昏昏欲睡

朦胧中，你睡眼惺忪
这时，夜阴沉沉地走过来
他把漆黑的门关上
这时，你猛地发现
你已被锁进了黑暗中

五

你梦见，你变成了一个孩子
你哭着，你爬着
爬向一个女人的胸脯
爬向了一座坟墓
你梦见，你变成了一个孩子
你手捧着晶莹的泪花
肃然把它洒进那雪后的山谷
你环顾四周，四处荒芜
你的面前，遍地生长的只有痛苦
你扑倒在她的身上
你紧紧地把她抱住
但她却一动也不动，一动也不动
于是你只好长叹一声，喃喃低语
你仿佛模糊地看到
那冰雪的乳房已在热泪中消融

六

当梦的烟雾又把你淹没

你一路沉重地走回过去

你一路渐渐变得悲惨

你一路不停地呼唤着她的名字

然而，你知道，早在多年以前

你就已经失去了你的爱人

你的爱人被囚禁在一块红色的泥土里

那里直到如今，远远望去

还像是一团没有熄灭的火焰

当梦的烟雾开始消散

你仿佛重新见到了她

她微笑着站在你的面前

她头顶着一朵朵开遍了天空的星星

可她身上却穿着一件血迹斑斑的衣裳

七

你的身影是个人字

被写在一块废墟的石壁上

这人字高大，醒目

却在暗中显得孤独

寒风中，这里，你看看还有什么
这里，只有一个人字
在痛苦地思想
你的身影是个人字
站立在废墟的石阶上
这废墟，像是衣衫褴褛的老人
诉说着自己的遭遇
一个人，在这寒冷的夜晚
久久不愿和她离开
一个人字，面对着一块废墟
他就如同儿女看到了
那被残害的母亲

八

我见你们手拉着手向着道路眺望
我问，你们这些兄弟般的小树
你们在这里等待着什么
看，天快亮了
红色的黑暗已到了退却的时辰
而她，一个黎明，正远远地随风而来
一个黎明像骑在马上，在道路上飞驰
我问，你们这些兄弟般的小树
你们在这里等待着什么
为什么在黎明到来的时刻

你们仍默不作声？难道是
她来了，她没有给你们带来什么
还是她来了，而不能久留
呵，你们这些小树，你们这些兄弟
我明白了，你们为什么沉默
看，在你们的脚下，叶子已经落了一地
红红的一片，红红的一片
原来，你们是刚刚从血泊中站起

九

又一个白天的躯体化为灰烬
又一颗太阳的头颅滚落山底
而你，在随同漆黑的时间飘荡
你就像天上被放牧的星星
在忍受着乌云的驱赶
你将要到哪里去？你一无所知
你也不知道另一个早晨有多远
此时，你只是浮想联翩
你只是听到，那地上凄惨的晚风
正身穿着孝服，正走入墓地
正一路披头散发失声地哭喊
你将要到哪里去？你一无所知

十

我给你发出的信，你收到了吗
我的信是装在白天的信封里
那信封上，贴着一张太阳的邮票
我给你发出的信，不知你看过没有
我的信是在晚间写的
那上面密密麻麻的字迹
是天上闪耀的繁星
呵，我的爱人
我日日夜夜都在思念着你
但我一点儿也得不到你的音信
你在哪里？你在哪里
我只好让这白天和黑夜替我去四下找寻
为的是让你知道
我一直在期待着你的回音

十一

雪花，雪花
雪花是飘在你的梦里
你的梦里，没有人走来
没有人留下脚印，只有一颗心

像你打着的灯笼，孤零零
雪花，雪花
这雪下得真大呀
不一会儿工夫
它就把大地给覆盖住了
但却唯独掩埋不住你的心
因为，你的心一直是火热的
一直在等待着爱人的归来
你的心就像你打着的灯笼
你的心在把那条道路照亮

十二

我听见，你的双脚
迈着均匀的步子
在我的心上走动
我发觉，我的心像是解冻的土地
又像土地一样的肥沃
你走着，似春天到来
我真想问一问你
在我的心里，你想种下什么
你的脚步惊走了我的梦
我的心里也因为有了你
不再荒凉，不再寒冷
看，在今日晴朗的天空下

我的土地已开始耕种
看，那颗金灿灿的太阳
就像你带来的一粒种子
撒在了我的心中

十三

黄昏，你这远道而归的女人
夕阳像顶草帽戴在你的头上
黄昏，你匆匆地赶路
你身上穿的还是那件褪了色的衣服
黄昏，我站在路口，同你相会
我用微风擦去你脸上的汗水
黄昏，你慢慢地摘下太阳
你头发的霞光一下垂满了你的肩膀
黄昏，我们面对着面
相对无言，是因为爱在心里
黄昏，我们相对无言，是因为
我们即将被笼罩黑暗

十四

你回来时，太阳已从她的背后落下
太阳落下去了，你回到了家

春风和你同路

你回来时，你的家园冷冷清清

只见炊烟无力地把手伸向空中

只见她，那和你久别的果园

她曾是个漂亮的女人

她独自在山坡上低吟

你回来时，你见她很伤心

因为，她已经衰老了

她正神情失望地低着头

当你走近，她也没有听出你的脚步声

你回来时，你满心的欢喜很快变成了悲哀

这不只是因为

太阳消失了，天黑了下来

而是你所看到的一切使你感到

春天来了，却好像没来

十五

在我的记忆里，有一片茂密的树林

那里时常有鸟群出没，鸟儿衔着光线

穿梭似的飞翔，它们是用阳光在给自己筑窝

在我的记忆里，那树林，每到日落时分

还具有另一番景色：鸟儿纷纷回巢了

林间渐渐地冷落，一个缓缓移动的阴影

像是一张没有光泽的面孔，在临睡前

用嘴去把灯吹灭，往往是在这个时候
你给她带去温暖
并对她说：我爱你，真的，我爱你
在我的记忆里，有一片茂密的树林
那树林里时常出现你的身影
那树林里至今还回荡着你的声音

十六

在你睁大眼睛的玻璃窗上
我看见，夜
正用它满脸浓密的胡子
贴近你的脸庞
这时，你感到十分恐慌
你为什么还不睡呢
你在等待着谁
这时，月亮突然用它的尖嘴
啄破了云层
瞬间，我看见你笑了
我看见在你的眼前
那重新出现的光芒
像只拍打着翅膀的白鸽
在你的窗外盘旋

十七

如果你愿意，请你打开门
今夜，我想居住在你的梦里
我想，我只需要占有一块不大的地方
今夜，当然，我是不会惊醒你的
我也不会让任何噩梦打搅你的睡眠
因为，我知道你累了，你每天都很辛苦
我知道你需要睡得香甜
今夜，你就让梦留下我吧
你就让我跨入你梦的门槛
我会一心一意地陪伴着你，直到你醒来
我会让你，这具有人一样感受的土地知道
你的爱人，就守在你的身旁

十八

今夜，我真不愿意离开你
你是梦，我真不愿意离开梦
离开那梦中的夜晚，离开风
那风是绿色的，那风是一位姑娘
我真不愿意离开那位姑娘
她送我上路，她手里举着灯

今夜，我真不愿意离开你

离开梦，离开那梦中的一双眼睛

离开那依依不舍的身影

离开那棵摇曳的树

她站在路上，她目送我远去

她唱起一支忧伤的歌

今夜，我真不愿意离开你

离开梦，离开那梦中

像铃铛般摇响的树叶，离开你的歌

我真不愿意离开你的歌

我真不愿意从梦中醒来

十九

面对着你的眼睛

我发现，那波光闪闪的湖水里

有我游动的影子

面对着你的眼睛

我发现，那水面溅起的浪花

布满了你的面容

面对着你的眼睛

我发现，那岸边生长着的小草

在热风中微微颤动

面对着你的眼睛

我发现，你的眼睛渐渐闭上了

这一切只不过是梦

二十

再过一会儿，你就要走了
你就要从我的嘴唇上
摘去那张已经悬挂了很久的脸
你就要把它收藏在另一个房间
再过一会儿，你就要走了
你就要在暗中把屋门关紧
你就要抖开夜的长发，然后
闭起眼睛，不再透出一丝光线
再过一会儿，你就要走了
你就要进入梦境，做另一般享乐
而我呢？当这里只剩下我时
我却要为送走了你
送走了另一个白天而难过

二十一

你，我亲爱的
你过来，你走近一点儿
让我再仔细地把你端详
要知道，在这即将和你分别的时候

我没有别的东西留给你，作为纪念
我只能把心拴上链条
给你挂在胸前
你，我亲爱的
你过来，你过来吧
要知道，在这即将和你分别的时候
我只能把这心的项链给你挂在胸前
要知道，我把心给你
是为了让你那耸立的高山和广阔的原野上
永远有一颗太阳在照耀

二十二

在这永不干涸的光阴的河流里
曾有过无数的船只沉没
可你，你的船，你这小小的生命
还仍旧在风浪中颠簸
我看见了你那面色苍白的帆
可你，你的船，我认得
你那挣扎着的胳膊
像被折断的桅杆，抓住了自己
抓住了一块破碎的船板
在这永不干涸的光阴的河流里
我看见了，我看见你的眼睛
正慢慢地浸入水流，你的眼前

一切都变得平静了
一切都在静静地化为乌有

二十三

土地，我年老的土地
你是看着我从小在这里长大的
但如今，当那无情的落日
就要把我像光辉似的从你的怀里拽走
我怎么能够忍心抛下你
又怎么能够忍心听着你在暗中哭泣
我是你养育的孩子，我应该把心给你
即使是我的躯体已不复存在
我也要把灵魂给你
相信我吧，我的土地
如果有一天，你还在睡着的时候
听见有一只光明的手在敲你的房门
告诉你，那是我回来了
请你一定要为我，为这光明的来到
去把你的大门打开

二十四

登着时间的阶梯

你艰难地向上爬行
你不断地升高，同时也感到
自己逐渐变得衰老
终于有一天，你觉得
你已登上了你所向往的那个地方
但你忽然发现
那里只不过是一块孤寂的坟墓
终于有一天，你觉得
你的躯体就像是一片树上的叶子
它枯萎了，它快要落掉了
它终于不由自主地往下飘

二十五

在你走过的道路上
日子已被一天天地丢掉
没有人知道它是谁的
它曾经隐藏着什么
也没有人去把它捡起
在你走过的道路上
到处留有你生活的秘密
如今，你已经老了，看得出来
你的生活也依然如旧
但你仍然要活下去
你还在继续劳动

你还在路上行走

你还在太阳下晒一晒

那由于年久而发皱的皮肤

你还在怀恋以往

并使那些秘密成为自己永久的回忆

二十六

满载着沉甸甸的心

你生命的车轮已驶过一段艰苦的路程

如今，你不再想回过头去

看着那些紧锁着眉头的日子

你不再想对他们讲述

讲述那些因痛苦而写成的故事

如今，你只想往前走

你只走往前去听一听

那由于想象而引起的欢乐

你只想去得到欢乐

如今，还有什么可值得留恋的

你听，那生命的车轮所转动的声音

不就是在告诉你

往前走，你只有往前走

你是在抛弃痛苦而寻找欢乐

二十七

我知道，总有一天
你会看到，我的眼睛
被埋葬在这块土地里
我知道，总有一天
你会发现，这块土地
正在望着你，正在啜泣
我知道，如果真的到了那时
你一旦走近我，拨开荒草
我的嘴唇就会像鸟儿一样飞出
我知道，我始终是爱你的
看，何必用扒开泥土
那露出地面的石碑
不就是我留给你的身影

写于1981年11月

阳光中的向日葵 （1983）

阳光

阳光在土地上生长
它把白天的面孔
用它的茎
拱出了地面
而那些同样已掀开
身上泥土的白骨
一个个转动空空的眼窝
他们先是看一眼
头上的天空
又环顾一下
四周拥挤的花枝
然后，他们便急匆匆地
各自朝自己所思念的地方
爬去……

阳光在土地上生长
阳光——
那中间又乱哄哄地走来了
一群刚刚逃离黑暗的人们

黄昏

这时已听不到
太阳有力的爪子
在地上行走
这时是昏暗的
这时正是黄昏
这时的黄昏就像是一张
已被剥下来的
已被风干的兽皮一样

但这时的人们
我在路上遇到他们
他们却仍然警觉地注视着
四周的一切动静
这使我也变得小心
在这黄昏之后
还会不会出现
比这更凶猛的野兽的眼睛

雪地上的夜

雪地上的夜
是一只长着黑白毛色的狗
月亮是它时而伸出的舌头
星星是它时而露出的牙齿

就是这只狗
这只被冬天放出来的狗
这只警惕地围着我们房屋转悠的狗
正用北风的
那常常使人从安睡中惊醒的声音
冲着我们嚎叫

这使我不得不推开门
愤怒地朝它走去
这使我不得不对着黑夜怒斥
你快点儿从这里滚开吧

可是黑夜并没有因此而离去
这只雪地上的狗
照样在外面转悠
当然，它的叫声也一直持续了很久
直到我由于疲惫不知不觉地睡去
并梦见眼前已是春暖花开的时候

春天

太阳把它的血液
输给了垂危的大地
它使大地的躯体里
开始流动阳光
也使那些死者的骨头
长出绿色的枝叶
你听，你听见了吗
那些从死者骨头里伸出的枝叶
在把花的酒杯碰得丁当响
这是春天

四月

这是四月
四月和其它的月份一样
使人回顾，也使人瞬间就会想起什么
想起昨天，想到遥远
或者，想起冬天里的一场雪
当然，那落在地上的雪早已变成了泪水
要么就早已变成了一群鸽子
不知飞到哪里去了
四月，它使你想起了一个个
只要走去就不再回来的日子
它使你想起了人
想起了那些不论是活着的
还是已经死去的人
想起了那些也许有着幸福
也许注定悲惨的人
想起了男人和女人……

这是四月
四月和其它的月份一样
但若是它驱使你
无法不去把往事回想
无法不再一次潜入记忆深处

——那是块已葬下死者的地方
我想，即使你就是一块站着的石头
你也一定会流泪的

一棵倒下的树

一棵倒下的树
在它的枝干上
一层厚厚的积雪在融化
这仿佛就像尸体在腐烂似的
它使我猛然止住脚步
不敢接近它

远远地看着
只好远远地看着
直看到最后
积雪已全部融化干净
直看到那地上
最终只剩下一具尸骸

如今的日子

如今的日子
更显得虚弱和怯懦
它就像一个
不久刚受过侮辱和折磨的人
你看它走在街上躲躲闪闪
它或许永远也不会忘掉
一个好端端的白天
是怎样在日落的时候
被一只伸过来的大手
凶狠地抓住头发拽走

如今的日子
更显得虚弱和怯懦
它同街上的
那剽悍而又灵活的寒冷
形成鲜明的对照
你看寒冷在人群中
是多么肆无忌惮
而你呢？即使你所碰到的风
并不是什么强有力的对手
看样子你也会被它一拳击倒

爱人

假如你的躯体
已还原于小小的黄土一堆
那我仍然愿意像当初一样
躺在你隆起的怀里
我愿意变成阳光
并为你制作成皮肤
我愿意与你悄悄地融为一体

假如你的躯体
已变成春天的土地
那我愿意让自己
失去形体融化成水
我愿意让你把我吮吸得干干净净
那样我全部的感情
就会浸透你全部的身体

写给一片废墟

虽然已经过去了很多年
但我们至今还能看到
你被毁坏的面容
你现在逢人便用伤口说话
你这样做，当然
并不只是想让人们
重新闻到血的腥味
或者是让人们
再一次听到痛苦的呻吟
而是因为你已经失去了
能发出声音的喉咙
你的喉咙早已被
枪弹和烈火堵住了
可你悲惨的遭遇
你这受害者的姓名
却将永久地
被夹在岁月的书里
并告诫人们

阳光中的向日葵

你看到了吗
你看到阳光中的那棵向日葵了吗
你看它，它没有低下头
而是在把头转向身后
它把头转了过去
就好像是为了一口咬断
那套在它脖子上的
那牵在太阳手中的绳索

你看到它了吗
你看到那棵昂着头
怒视着太阳的向日葵了吗
它的头几乎已把太阳遮住
它的头即使是在没有太阳的时候
也依然在闪耀着光芒

你看到那棵向日葵了吗
你应该走近它
你走近它便会发现
它脚下的那片泥土
每抓起一把
都一定会攥出血来

雷雨之前

乌云哞哞的叫声
突然从远方传来
它们又很快
被风的鞭子
赶进了天空——
一片充满阳光的牧场
它们所到之处
所有的阳光
被吞吃得一干二净
它们所到之处
所有的地面
都变得阴沉
并布满它们令人恐惧的身影

归来

走下
那涂着绿色的
还有别的颜色的
在夏日拥挤而又闷热的
在城市的街道上发出噪音的
而突然停止在一块
黄昏站牌下的
那节白天的车厢
我一眼就看见了她
站在离我不远的地方
把隐隐约约的黑夜当做背影
在不安地把我等待
同时，我也注视到了她的眼睛
她的眼睛睁得大大的
仿佛正急于从眼窝里朝我飞来
瞬间，我想到了两个躯体
是怎样飞快地撞在一起
是怎样感到天旋地转
那力量如此之大
竟使浑身的骨骼都发出声响
但是，一切并非如此
我们这时不知是怎么了
就好像突然变成了两尊石像

一个死去的白天

我曾与你在一条路上走
我曾眼睁睁地看着你
最后死于这条路上
我仿佛同你一样感到
大地突然从脚下逃离而去
我觉得我就好像是你
一下掉进黏糊糊的深渊里
尽管我呼喊，我呼喊也没有用
尽管我因痛苦不堪而挣扎
我拼命地挣扎，但也无济于事
于是我便沉没了，被窒息了
像你一样没留下一丝痕迹
只是在临死的一瞬间
心里还不由得对前景表示忧虑

邻居

晚上，她的男人
又喝了酒从外面归来
那男人满脸怒气
摇摇晃晃地走进院子里
只见宁静的月光
被吓得纷纷起身逃避
这真好比是
一头野兽
突然闯入了民宅
而月光就好似
一群赤裸的男男女女

晚上，她的男人
又喝了酒从外面归来
而她却什么话也不想说
她只是催着孩子赶快睡下
她似乎只求今晚能平平安安

老房子

那屋顶
那破旧的帽子
它已戴了很多年
虽然那顶帽子
也曾被风的刷子刷过
也曾被雨水洗过
但最终还是从污垢里钻出了草
它每日坐在街旁
它从不对谁说什么
它只是用它那使人揣摩不透的眼神
看着过往的行人
它面无光泽
它神情忧伤
那是因为它常常听到
它的那些儿女
总是对它不满地唠叨

灯

灯突然亮了
只见灯光的利爪
踩着醉汉们冷冰冰的脸
灯，扑打着巨大的翅膀
这使我惊愕地看见
在它的巨大的翅膀下面
那些像是死了的眼睛
正向外流着酒……

灯突然亮了
这灯光引起了一阵骚乱
就听醉汉们大声嚷嚷
它是从哪儿飞来的
我们为什么还不把它赶走
我们为什么要让它来啄食我们
我们宁愿在黑暗中死……

灯突然亮了
只听灯下有人小声地问我
你说这灯是让它亮着呢
还是应该把它关掉

一夜之后

轻轻地打开门
你让那搂着你
睡了一宿的夜走出去
你看见它的背影很快消失
你开始听到
黎明的车轮
又在街上发出响声
你把窗户推开
你把关了一屋子的梦
全都轰到空中
你把昨晚欢乐抖落的羽毛
打扫干净
随后，你对着镜子打量自己
你看见自己的两只眼睛
都独自浮动在自己的眼眶里
那样子简直就像
两条交配之后
便各自游走的鱼……

阳光，长满细小的牙齿

就像有一群
饥饿的蚂蚁
贪婪地爬上
我裸露的身躯
我感到阳光
晒在脊背上的阳光
长满细小的牙齿
同时，我也想到
最终，也许我
将会像那个春天似的
当它刚刚从土地钻出
就招来无数花的嘴唇
把它层层围住
并把它一口一口地
啃得精光
当然，那些花儿
也同这阳光一样
长着牙齿

清晨，刚下过一场雨

清晨
刚下过一场雨
我抬头看见
那已拭去泪珠的云
还一动不动地卧在床上
它肚子大大的
如同临产的孕妇
太阳还没有露出头来
太阳就像是它的
还没有生出的孩子

我由此而想到它的孩子
想到日出
太阳同血一道流出来
想到产后的女人
突然感到一阵轻松
想到太阳被抱在我的怀里
那模样我连看也没敢看
想到我抱着太阳走回家去……
清晨
刚下过一场雨

公园里的孩子

我在公园里

迎面碰见了一群孩子

有男孩子

有女孩子

他们一路蹦蹦跳跳

他们扇动着睫毛的眼睛

如群鸟朝我飞来

我在公园里

回头看着那群孩子

我还看见蝴蝶

一只只彩色的蝴蝶

它们被拴在了

一朵朵花儿的头上

给孩子们

看着你们可爱地长满了一地
并对着我张开花瓣似的小手
我简直羞愧得无地自容
因为，我的确给不了你们什么
我既不是太阳，做你们的母亲
把你们抱在怀里，让你们喝我的奶
也不是大地，能够手托着
白天与黑夜的盘子，把一个个
美好的日子给你们端来
我只不过是一个普普通通的人
但虽然是这样，我还是想
就把我给你们吧！就让我
做你们脚下的土壤！我宁愿
让你们生长在我的身上，我宁愿
让你们用有力的根茎去掏空我的心

昨天与今天

昨天——
它什么也没有留下
它把该带走的全都带走了
而今天
你又是怎样的呢
你也许正将门仔细地关好
你也许正忙于捕捉
那飞来飞去的
但最后还是落在床上的嘴唇
你也许正不耐烦地等待着
那将会被端到你面前的
那迟迟还没有端来的
熟透了的乳房
你也许正迅速地
替别人解开衣服
如同打开一扇窗户
但你却发现
你无法看清里面
就好像
那是一间阴暗而又空荡的屋子
你也许已养成了贪睡的习惯
你也许正要躺下

可你只要躺下
很快就会梦见自己变了
变得连自己也不认识
你总觉得
你是被埋葬在什么地方
身体已在腐烂
并还覆盖着一层苔藓
要么，你也许就是昏沉沉的
整日如此
你这会儿或许又喝足了酒
脑子里便开始反复出现
一段模糊的人体
也许，你此时已进入梦幻
你就觉得自己的头
仿佛被一棵疯了的树
一把抓起
并且在空中用力地摇晃
或者，你感到你的心轻飘飘的
像红色的气球一样
朝着天空飞去
你自认为它赶走了太阳
而且已占据太阳的位置
或许，你现在正走在街上
把脸揭下来
你把脸撕得粉碎
随后，扔得满街都是

也许，这都是可能的

完全可能的

你这时突然遭到不幸

你这时在忍受痛苦

你这时仍旧一无所获

你这时已面临绝境

或者，你这时的处境

根本就不由自己

你只好任凭时间在捉弄你

在拽长你的胡子……

好啦，我想再最后说一句

我想我不知为什么会这样想

今天——

它简直就像一个

野蛮的汉子

一个把你按倒在地

并随意摆布的汉子

处境

当冬天的风雪
手里挥动着明晃晃的刀子
在暗中把我围住
也把我所能看到的
这块小小的天地
封得严严实实
使你找不到出口
我就在这时
听到了不知是谁的声音
那声音颤抖着朝我跑来
一头撞进我的怀里
这使我大吃一惊
急忙用手想把它推开
可我摸到的竟是一棵小树
小树呵，你这可怜的小树
我突然把它紧紧地搂住
并对它说：你知道吗
我们的处境是一样的
我们同样都已落入严寒
它们那疯狂的围攻之中

把眼睛闭上

把眼睛闭上
把自己埋葬
这样你就不会再看到
太阳那朵鲜红的花
是怎样被掐下来
被扔在地上
又是怎样被黑夜
恶狠狠地踩上一脚

把眼睛闭上
把自己埋葬
这样你就会与世隔绝
你就不会再感到悲伤
噢，我们这些人呵
我们无非是这般下场
你是从黑暗中来的
你还将在黑暗中化为乌有

在麦田里

这仿佛是从我心里长出的麦子

在这片麦田里
太阳多像一个早起的农妇
她的前胸裸露着
那是彩色的陶罐
那陶罐里盛满了酒

在这片麦田里
太阳从霞光中姗姗而来
她把酒斟满了我的心
你看，地上喝醉了麦子
人喝醉了眼睛

这仿佛是从我心里长出的麦子

来自水面上的风

来自水面上的风
身上有一股男人的气味儿
它湿漉漉地走上岸
那样子好像已精疲力尽
但它还是很快地钻进绿荫
很快地给自己穿好一身衣服
然后，它停在那里回头看
只见刚刚恢复平静的水面
袒露着粉红色的乳房
那乳房是已临近开放的荷花
它这会儿也许是由于过度的兴奋
它还在那里不住地膨胀

秋后的田野

骑在风的背上
秋天动身离开这里
只听见蹄声渐渐远去
那一路上落叶飞扬

如今在这里
你一眼能看到的
就是被收割后的田野
它的身上现已显露荒凉

如今在这里
你能够听到的
就是这个孤独女人的啜泣和哀伤

又过了一年

又过了一年
你看看自己
还并不显得衰老
但是你把心吐出来瞧瞧
那上面已长出了花白的胡子
喂，你难道就这样
让自己被欺骗吗
直等到
你的心已失去力量
已完全脱落最后一颗牙齿

这是在蓝色的雪地上

这是在蓝色的雪地上
这是在一片闪着光
犹如火焰般的雪地上

你终于触摸到了黎明
它那乱蓬蓬的头发
和它那冰凉的手

这是在蓝色的雪地上
这是在一片奔跑着
像狼群一样狂风的雪地上

你猛地发现
你所寻找的太阳
它那血肉模糊的头
已被拧断在风雪中

晚年

墙壁已爬满了皱纹

墙壁就如同一面镜子

一位老人从中看到了一位老人

屋子里静悄悄的，没有钟

听不到嘀嗒声，屋子里

静悄悄的，但是那位老人

他却似乎一直在倾听着什么

也许，人活到了这般年岁

就能够听到——时间

——它就像是个屠夫

在暗地里不停地磨刀子的声音

他似乎一直在倾听着什么

他在听着什么

他到底听到了什么

群猿 (1985—1986)

死后也还会衰老

地里已长出死者的白发
这使我相信：人死后也还会衰老

人死后也还会有噩梦扑在身上
也还会惊醒，睁眼看到

又一个白天从蛋壳里出世
并且很快便开始忙于在地上啄食

也还会听见自己的脚步
听出自己的双腿在欢笑在忧愁

也还会回忆，尽管头脑里空洞洞的
尽管那些心里的人们已经腐烂

也还会歌颂他们，歌颂爱人
用双手稳稳地接住她的脸

然后又把她小心地放进草丛
看着她笨拙地拖出自己性感的躯体
也还会等待，等待阳光
最后像块破草席一样被风卷走

等待日落，它就如同害怕一只猛兽
会撕碎它的肉似的躲开你

而夜晚，它却温顺地让你拉进怀里
任随你玩弄，发泄，一声不吭

也还会由于劳累就地躺下，闭目
听着天上群兽在争斗时发出的吼叫

也还会担忧，或许一夜之间
天空的血将全部流到地上

也还会站起来，哀悼一副死去的面孔
可她的眼睛却还在注视着你

也还会希望，愿自己永远地活着
愿自己别是一只被他人猎取的动物

被放进火里烤着，被吞食
也还会痛苦，也还会不堪忍受啊

地里已长出死者的白发
这使我相信：人死后也还会衰老

梦中的时间

梦中的夕阳

笼罩着从泥土中诞生的日子

和一棵棵多情而又旺盛的树

悬垂着刺眼的果实

和一张张伸展着柔软四肢的脸孔

吮吸着阳光的奶

像成堆的石头蠕动

烟尘滚滚，震耳欲聋

和满是脏话的墙壁

以及像女人们打着阳伞似的屋顶

那里，从街道的尽头

走来了硬邦邦的风

而海在远处喘息，龇着牙齿

岸边堆满呕吐的脏物

而山正用它的手指

抽出落日的光线

在精心地把浑身的鲜花绣制

野草也有诉说不尽的语言

软绵绵的岩石也在均匀地呼吸

鸟群却在高空静止不动

仿佛被凝固于一幅巨大的画面

相互碰撞的肉体

发出钟的悦耳的响声

既温柔又丰满

如泉水一样流动着的双腿之间

滴落点点光辉

并传来阵阵呼唤

天空，她胸前的灯笼刚刚被遮掩

便有云粗大的手掌摸了过去

来自肉体的火焰

在每一处阴暗的角落

疯狂地吞噬潮乎乎的毛发

一盏盏垂吊着的灯

像一颗颗燃烧的头骨

在散发着令人窒息的气味

一堆堆乱哄哄的肚子

分不清年龄，也分不出性别

在毫无顾忌地争抢，撕咬

可我却不知为什么

身在梦中却总是惊恐地颤抖

就好像已发现了死亡混杂在人流中

它随时都可能拨开众人给我一刀

过路人

他骑着黄昏那匹老马

走进一座古城的门

在一家乱哄哄的饭馆停下

而后登上台阶

掀开门帘

眼前热腾腾地堆满了各种嘴脸

像大大小小的盘子

盛放着一条条舌头

昏暗的光线从人们的额前渗出

醉醺醺的脑袋在酒中挣扎

这使他想起那具从臭水里浮起的肚子

缓慢地漂过一座桥

像是漂过那个女人的腰

她嘴里嚼着苦味的日子

她还年轻，可已丧失

据说，她的丈夫死于酒后

清晨被大伙儿从河里捞出

然后装进草袋

岸上最后只剩下她孤独的头发

如桥下混浊的流水

他很快找到一个空位坐下

同样也买了酒

他的对面一个鼻子通红的男人
不知道为什么突然骂骂咧咧
接着，他把头慌张地钻进桌底
开始四处乱摸
看他那样子
真令人好笑
就好像是他不小心掉了眼珠
这时，一个女人走进饭馆
她的影子扑在墙上
犹如出现了一只狼
她满脸凶相
朝着那桌下的男人走去
二话不说，抽出尖刀一把
扎得桌子一阵嗷嗷叫唤

一个男人像狗一样地蹿出门外
一个女人大摇大摆地跟在后面
一摊血迹在地上爬动
并被众人的脚越踩越大
街上说什么的都有
有人说那个男人卖老婆的身
钱都吃了喝了
有人说那个男人是个赌棍
输了用老婆抵债
也有人说那个女的是疯子
留神别挨近她

只有他却上前夺下那把带血的刀子
又转身往饭馆走去
而那女人大哭一声冲他嚷嚷
你要是我的男人就没这事
这使他不由得回想
不久前，他曾侮辱过一个寡妇
那个寡妇极力想把门关好
但他却掏出早已准备好的钥匙
一下插进锁孔
并把她拧得一声声尖叫
想到这些他不禁破口大骂自己
我又算个什么东西

夜行车

睡在一起的四只手

有一只突然偷偷溜走

它就像深夜恐怖的海底

一只受到了威胁的乌鱼

大口喷出一团烟雾

然后急匆匆地逃之夭夭

瞬间便已无影无踪

它潜入了腥味的海中菜园

黑暗如同恶臭的泥潭

星辰如同穷汉身上的虱子

荒草地里独有一棵光秃秃的大树

在直挺挺地站立着

它时而像个拦路的强盗

使人望而生畏

时而又像是一位

我们曾遇到过的

和善的老妪

她腰板硬朗

头顶着陶制的水罐

人各有事做

也各有所想

而在我的头脑里

此时正好像森林燃起大火

群兽在四处乱窜

各自逃避着这场灭顶之灾

但唯有一只冷静的狐狸

却在不慌不忙地徘徊

原来它是在围着一只兔子转悠

虽然，那兔子早被吓得一动不动

心里怦怦直跳

可那狐狸却犹豫着

似乎生怕会落进陷阱

一直不敢猛扑过去

它一会儿进进退退

一会儿摇头摆尾

一只冷静的狐狸

那是又一只醒后

便想伸向女人胸前的手

人各有事做

也各有所想

这一夜她在想什么

我当然一点儿也不知道

我也不知道她的两只手

是醒着呢

还是睡得正香

我只知道当我疲倦睡着时

梦中是条原野中的道路

我们两人摇摇晃晃地靠在一起

一同乘坐太阳拉着的马车

感情

沉重的风

发出马的嘶叫

拉着冬天僵硬的尸身

从我辽阔的胸膛上走过

走向远远的群山

走向那片坟

把它同又一个落日

一起去埋葬

而把寂静和黑夜留给了我

把渐渐复苏的欲望留给了我

让我独自地忍受

野草的根在我体内骚动

锋利的茎叶刺穿我的皮肉

它使我痛苦

也使我满足

它既像情人的温柔

也像寄生虫一样地吸食我

风不能把它连根拔起

马的蹄子践踏过后

它照样死而复活

我想，我不能说

我的皮肤将会形成一片汪洋

但若真是那样

它也一定不会因被淹没而死亡

因为，只要我的血还在奔流

它就会活着，就会生长

就会把花朵开得更加鲜艳

开遍我的胸前

它多么像久别的爱人

重返家中

给你卸下温暖

给你撒上芳香

它不是别的而是我的感情

当冬天过去春天又来

它赤着的双脚

已在我心中走动

鼠害

1

被午夜成群的老鼠唤醒
他莫名其妙地被它们抬出房门
抬进它们的车
冲上大街
一路摇旗呐喊
这使他联想到古代的战场
可自己只不过是个鼠类的将军
一路鼓乐齐鸣
又使他联想到
一支凯旋的大军
正行进在都城
或是一支庞大的迎亲队伍
可是自己却赤条条地
端坐在被月光装饰的车上
不知羞耻

终于，队伍停下了
簇拥在一幢破旧的楼前
不是他想象的
那金碧辉煌的宫殿

也不是哪一座寺庙

起码还有着琉璃瓦的屋顶

那样的寺庙

这城内城外可不少

有的坐落在青山绿水旁

像一只水灵灵的大青蛙

有的足有千年了

像一只自命不凡的老龟

如今那些庙宇几乎全都断了香火

除房檐上的铃铛

常常还会被风的手指弹出声响

其它的东西一律阴沉沉的

也不是哪家豪华的饭店

他的对面

仅仅是一幢年久失修的老楼

有着纵横交错的裂缝

有着像马蜂窝那样的小窗户

全都闭着眼睛不吭声

还有着变了色的墙皮

散发出一种霉味

这破楼真使他看着不舒服

他就觉得自己遇上了一位

身材高大的相貌丑陋的

不知什么原因而疯了的

把衣服脱光了的老妇人

他不禁火冒三丈

一怒之下跳出战车

惊得四面鼠军大乱

不过，他并没有下令宰掉几个

或许他的心里还懂得

毕竟鼠军人多势众

他也就只好罢休

片刻，他拨开众鼠

带头大步朝楼里走去

楼内又黑又静

过道堆放着各种杂物

还有蚊子、蟑螂、蜘蛛等

各自霸占一块地盘

使他不免有些发怵

他想掉头出门

可回头一看

却是无数只老鼠在背后龇牙咧嘴

他只好鼓足勇气硬着头皮

然后一步步走上楼梯

他越走胆子越大

不一会儿他便同老鼠一样

习惯地在暗中窜来窜去

渐渐地他开始意识到

原来自己就是一只老鼠

既然如此

他便索性更加放肆

就听他一声招呼

原有的老鼠全部冲杀进来

它们横冲直撞

闯入各家各户

一时间这里成了它们的天下

2

它们凶狠地叼住

小孩子的耳朵，啃女人的腿

它们疯狂地敲男人的脑袋

下流地去掀两口子的被

它们见东西就砸，见锁就撬

它们还开心地把屎和尿

灌进老人的嘴

它们强迫赤身的少妇跪着

用皮带轮流过瘾地抽打

它们把小伙子围在当中

用木棒一次次狠捅两肋

它们拳打老太太的胸部

脚踢老头子的胯下

它们还把姑娘的头发

一撮撮地揪光

它们见什么抄走什么

见了好吃的便大吃

它们把别人的家

当做娱乐场和刑讯室

只见血污的脸在地上翻滚

拖着肿大的鼻子

只见掉在灰土里的眼珠圆瞪着

那被击碎落在近旁的牙

一只被剁下的手

独自在爬着

无人理睬

一颗被烧焦的头

扎进厕所的马桶

并被用水一遍遍地冲

几块被割下的人肉还活着

在忍不住地呻吟

一双断了的腿被捆着

但仍旧还在叫骂

一张干渴的嘴巴探出舌头

在舔着自己黏糊糊的血

青一块紫一块的肚子

被踩得大大的

还被吐上了痰

那被吊得高高的屁股

被烫得满是水泡

已痛苦不堪

还有被无情摧残的性器官

正面临死亡奄奄一息

如此血腥的场面
真是惨不忍睹

而他呢？他先是钻进
一家的厨房
吃饱了，喝足了
然后又溜进一家的柜子
套上笔挺的料子服
把钱塞满口袋
接着，他又到了一家
把一块金表戴上
随后，他推开另一扇门
贼头贼脑往里摸
屋内床上坐起一个女学生
她用毯子紧紧裹着
两眼怒视这个夜闯民宅的家伙
而他却假装正经地说什么
这是革命
他一边说着一边往前蹭
并且还仔细观察床上的动静
这时候，其它的房间已乱成一团
唯有这间屋子里的气氛不同一般
他认为这是老天有眼
天赐良缘
自己也算有这份福气
也算有了今天

他凭着力大来个饿虎扑食

两只脏手在身下忙个没完

下面是一声声拼命的喊叫

但上面的却是兽性大发

正当他气喘吁吁得意之际

一嘴仇恨的牙齿咬住了他的脖子

人被逼急了就变成野兽

对付野兽就要比它更要野兽

这时已是他被压在了下面

他浑身抽搐无力挣扎

随她把自己的喉管咬烂，咬断

任她尖利的指甲在皮肉上又掐又划

落到这地步他的心里还在琢磨

这究竟是怎么一回事

自己又为了什么甘心成为老鼠

直到断气他还糊里糊涂

这东西死也没死个明白

那个女学生把他杀死后

自知没有好下场

心一横便从窗口栽到马路上

其实，她死的时候也并不清楚

这里为什么会发生这场鼠害

3

这件怪事到此结束
要说怪也并不怪
谁若是不相信这世上曾有过
这类事或这种人
那么你就去问问
地下的冤魂

群猿

引言

传说，我们本是远古的灰尘
因某日苍天之子太阳酒醉
错入自己胞妹大地的闺房
并误认那刚刚浴后的裸女为妻
而后兄妹乱伦，使天大怒
所以，苍天才把大地恩赐给了小小的我们
并且，还赋予我们生命
让我们去选择形体和容貌
让我们有了血肉之躯和不断繁殖的能力
而太阳则受火刑，未死，后被罚做伙夫
又据说，我们经过了千万年的选择
我们经历了无数次脱胎换骨
终于，我们在一个谁也没有记住的日子
从那些被我们无情抛弃的群猿中变成人
我们选择了人，我们也为此而感到骄傲
至于在未来的年代，我们是否还会
将自己遗弃？人类又将形成别的样子
而现在的我们则成了新的猿
我们之中没人担忧，也无从知道
只是有时，当我们突然感到

这属于我们的大地卧在乱草丛中
就像是一头皮毛金黄的僵挺的死牛
而天上那个烧火的老头似乎早已疯了
正动手点起大火，仿佛是被授意
把这死牛连同我们全都一锅煮烂的时候
我们才不由得恐慌，并纷纷揣测
人类是否最终将全部毁灭而重归于尘土
那苍天是否将让大地慢慢地腐烂
并让我们变成爬满它尸体的蛆虫
我们得不到回答，也摸不透天意
我们只好自己安慰自己说：随它的便吧

第一章

一只凶猛的野兽
袭击我们
它是不会因自己的残忍而感到害怕的
它也不会因吞食我们而浑身颤栗
还记得吗？那是什么时候的事
我们便开始懂得
用剥去肉的兽骨做成矛
日夜不离手
守护着自己
守护着我们居住的每一个家
每一个女人和每一个孩子

也守护着我们的爱情

那是什么时候的事

我们曾手指白日怒斥

喂，只剩下你一个了

小心点儿吧

你已经走进了我们的射程之内

还记得吗？那是从什么时候开始

我们学会了

该如何从阳光中窃取火种

去烧掉周围恶狠狠的黑暗

去点燃一片片疯狂的寒冷

去赶走一群群嚎叫的豺狼

那是从什么时候开始

我们去降服一条条泛滥的河

尽管它野蛮而又粗壮

为的是让我们

那女人般柔弱的田园

免遭它的蹂躏和奸污

那是从什么时候开始

我们带着我们浩浩荡荡的子孙

去搬走山

去填平海

那是从什么时候开始

我们希望让我们有力的双臂

能变成翅膀，翱翔于蓝天

去放牧那雪白的云团

或悄悄走进

那神女幽静的庭院

趁她酣睡之时

去戏弄她宝贝的兔子

那是从什么时候开始

我们幻想我们能自由自在地

潜入海底，去捉龟，舞龙

或是与虾蟹嬉戏，与群鱼同游

在东海追逐，又从南海钻出

那是从什么时候开始

还记得吗

我们愿自己能成为一条船

不是漂荡于人生的苦海

而是敢于去闯所有神秘的海域

和岛屿，去探险，去寻找幸福

虽然我们每个人心里都明白

我们之中将有许多的船只

会在中途

突然沉没于自己的血泊中

那是什么时候的事

那是什么时候？我们曾在一起

盘算着去摘一串

那悬挂在高处的星星的葡萄

我们彼此之间

懂得爱，也会温柔

也会像火去吸吮水那样

尽管一个将会死在另一个怀里

我们也会拔刀相助

也会把自己的心

像盆火一样端给别人

哪怕火苗已经微弱

或已到了即将熄灭之时

我们也会仇恨

也会捕杀禽兽

吃净它们的肉

再用它们的皮为我们制作成衣

我们也会乞求，也会希冀

愿从这开垦的土地里能长出好日子来

我们也会痛苦，也会伤心落泪

我们流出的泪足够浇灌农田

我们也会欢乐，也会享受

还记得吗？我们是多么豪放地

捧起一个个乳房的酒罐

多么亲热地相互拥抱狂饮

多么满足地大醉

我们是男人也是女人

我们也可以是牛是马

我们似乎并不知道我们是什么

我们是什么

我们会思想，也会死亡

我们的面孔就如同我们的大地

在一天天地憔悴

在一天天地衰老
并被岁月那可恶的蛀虫
啃得百孔千疮

第二章

这是一个好年头
地里的死人埋得太多
庄稼也被喂养得富有人味
成群的原野上的孩子
像贪玩贪吃的牛犊
嘴里嚼着甜根的草
而操劳的农妇们
瞧她们的眼睛
就像是匆匆觅食归来的鸟
各自躲进自己昏暗的窝里
还不时探头向外张望
而那些结实的男人们
他们把情欲种进了田里
他们那揉过泥土的手掌
也同样会在某时
像一只发情的公鸡一样
一下子跳到那缩成一团的
母鸡的背上
这是一个好年头

你看那些新婚的女人

她们就像是一条条新鲜的鱼

令钟情于她们的猫垂涎

一个男人把一个女人

用双手托起，好像轻轻放进盘子

然后低下他贪婪的头

就如同一只乌鸦落在雪地上

你再看看旁边那片低矮的房屋

假若天黑了也没关系

你可以用手指把它捅个洞

让眼睛偷偷地钻进去

你看到了什么

你是否可以说一说

生活是什么样

若是大白天

阳光太刺眼

心脏也被晒得昏厥

你就把自己推往阴暗的街巷

你可不要害怕

那些从墙缝里滋生的妓女

不要怕她们浮肿的脸

会像只蛤蟆蹦到你的身上

也不要害怕

她们的心会是蝎子窝

你可以同她们随便地聊聊

你听到了什么？你讲一讲

生活是什么样

这是一个好年头
当黑夜像大片的蝗虫飞来
而太阳的光芒又像群雁飞去
你这时有家可归吗
你想不想去去酒馆或是舞厅
闲谈一会儿
或是欣赏那帮狂笑的屁股
万一你回家太晚
身上又没带钥匙
你想想那个人
她将会怎样
假如你见他迟迟不归
你这时已昏昏欲睡
你那滚圆的双乳和你的心窝
是静悄悄的呢还是变成了刺猬
假如他半夜跌跌撞撞地走进家
把脸都丢掉了
把自己的那点血汗喝得精光
你会不会把他撵出门外
假如你一觉醒来
睁眼便看见与你共枕的那颗脑袋
你是否还想让你的嘴唇
那条红色的虫子
再次爬上他的皮肉

并缓缓地蠕动

假如一夜过后

你仍旧还在回想

你们因性欲所干的那种苦事

你是否会羞愧自己的无能

并觉察出

她傲慢的双腿对你的嘲弄

你的头呢？你是否会经常感到

它就像一座孤零零的亭子

总是空空的

没有人久留此地

也没有什么可值得怀恋

你是否还常常做梦

你的梦中尽是些什么

你可梦见过自己是头驴

而醒后驴又还原成你

你是否怀疑过自己

是你变成了驴呢还是驴变成了你

这是一个好年头

死了的仍旧死着

活着的也还在活着

死了的或许死后便后悔

当初为什么不早死

而活着的那些只有外壳的人

却没完地唠叨着

自己的福气只有一点点
日子过得太苦太难
可是，你们留神过自己的心吗
它常常会像一条贪嘴的鱼那样
被垂钓者的鱼钩
钩住嘴巴拽走

这是一个好年头
白天可以是黑色的
白昼的皮也可以被扒下来
让一个个日子血流满地
你也可以是鬼生的孩子
你被灯光照出的身影
也可以是狗崽子
人头也会在人群中爆炸
赤条条的肉体也会像钟
被当当地敲响
双脚可以变成乌龟
人眼可以变成狗眼
嘴巴可以当做喇叭吹
肛门可以喋喋不休
星星可以被淹死在水中
王八可以直上青天
石头与石头之间也有爱情
骨殖搂着骨殖难舍难分
成堆活着的脸孔却落满苍蝇

大胆的老鼠在拼命地与我们争夺食物

人心糜烂，人成了自己的棺材

流言蜚语横行霸道

锐利得就像猛兽啄肉的尖嘴

空虚的人们比比皆是

任凭蜘蛛在头脑里结网

好端端的一个人

竟被溺死在自己的尿里

地下的死者照样还在吵吵闹闹

天上的群仙也同样弱肉强食

那逃向深山的太阳

真像是一只受伤被追赶的老虎

残存的晚霞就像它留下的一摊血迹

一场灾难之后

多少人已皮包骨头

来一场大风便足以把他们统统刮走

这是一个好年头

这人间已落叶纷纷

多么可怜的一个季节呵

它就像一个龙钟的卖艺老人

在伸手拾着地下的钱

第三章

我们来自遥远的寂寞

孤独而又无知

动荡不安而又灾祸不断

看吧，我们眼前所有的星球

都像难民一样在四下奔逃

它们携带着家眷

它们惶恐不安

就如同我们一样

我们要问

这一切灾难来自何物的力量

这血腥的光阴又从何处而来

我们，这小小的我们

又将被这光阴的河流冲向何方

我们将在哪里沉积

又将在哪里终结

我们每天都在死亡

我们也无时不在生

我们的头颅

就像播种似的被撒进土里

又被土壤里尖细的牙齿剔净

尽管死者们

享受到了充足的光线

和雨水的滋润

但那些干枯的头骨呵

却没有抽芽，没有开花

也没有哪一个

能从他们的骨缝或眼窝里

伸出摇摆的枝叶

并结出累累果实

我们的大地呵

这死亡蔓延的大地

你的身上为什么如此荒芜

生长着枯黄的阳光

生长着嶙峋的乱石

像墓碑似的

投下无数阴森的怪影

却又彼此亲亲热热

这情景真令人迷惑

也使人猜想

死将会是一种什么样的感觉

或许，死也是一种享乐

死也是一次选择

也是一次我们对自己的遗弃

就像白天的面目出现

则安葬了黑夜

我们可以把自己扔进坟坑

或者把自己焚烧成灰

再看着我们的灵魂

从躯体里破土而出

腾空飞起

成为一个漫无目的的遨游者

并从高空俯视

我们的胸膛

已踏上一只巨兽的爪子

我们的脑袋

渐渐地龟缩于大地

而我们的叫声还在四野回荡

那声音是多么凄厉呵

仿佛是从那久远年代传过来的

群猿的哀号

没有时间的时间 （1987）

没有时间的时间

第一篇：序

这里已不再有感情生长
这里是一片光秃秃的时间
阴暗而又寒冷
寂静而又空荡
这里是一片被灰尘覆盖的时间
不再有记忆，也不再有思想
不再期待，也不再希望
这里曾有过你生活的时间
也曾有过我生活的时间
这里是没有时间的时间

在这里，生和死已不存在界线
我们没有必要去证明我们活着
我们从没有过开始
我们也没有结束
结束的只是应该结束的时间
我们还是我们
我与我也没有区分
我的过去仍旧是我现在的镜子
我的现在是我未来的倒影

在这里，生和死已不存在界线
我没有必要去惧怕死亡

我伴随着我
我了解我
那是因为我是我
当你用人的眼睛来看我
我仅仅是另外一个人
只有人会把人当做人
只有人在把人当人看
我可以拥有我们
我也可以失去我们
我可以有我
我也可以无我
我活着需要的是有
而不是没有
没有比没有更能够把我摧毁
我们没有开始
我们也没有结束
我们不是我们的开始
我们也不是我们的结束
这里是一片光秃秃的时间
这里是一片被灰尘覆盖的时间
这里是没有时间的时间
我想，我的出现
不会使你感到意外

正如你的出现一样

也不会令我吃惊

我们不会奇怪我们

我们并不奇怪

我们奇怪的也许是

人与人最根本的区别是没有区别

我们在活着

我们知道我们活着

我们的道理，都是我们的道理

我就是我的道理

看，我们如今又一次出现

来到这里，庄重而又坦荡

可是我的思绪

却好似一场大雪纷纷扬扬

我感觉我在这里

全身渐渐变得洁白

我发现我已不再是我

我一点儿都不肮脏

第二篇

1

大风从岩石上刮过

磨快它的刀口

只听轰隆一声

黑夜沉重地倒下

只见那个庞然大物被剥掉了皮

又被一刀剖开腹部

随后，便有一团鲜红的肉

滚了出来……

太阳诞生了

可阳光却已经苍老

它拄着拐杖在地上走

2

我这是刚刚从梦的水里爬上岸

我身上湿淋淋，浑身无力

你说，我们今天应该去做什么

我还想睡一会儿、再睡一会儿

就让我们的尾巴紧紧地缠绕在一起

我身上湿淋淋，浑身无力

你这个总是打呼噜的

雷的儿子，你可梦见

那海里的琴了吗

那琴声是多么悠扬，多么悦耳

我还想睡一会儿，再睡一会儿

你不要对着我

张大肚脐的嘴巴

瞪大乳房的眼

3

（一对懒惰的夫妇

他们光着身子，不冷也不热

他们的眼里混浊）

你们睁开眼睛是白天

你们闭上眼睛是黑夜

堕落的汉子

放荡的妇人

小心你们身后的大棒

你们可听说过

那好色的河水可得到了报应

就是因为好色

它被弄瞎了一只眼

4

你看我这身上多瘦呵

你脱掉羽毛变成女人

我总想躲开你

我总是躲不开你

我这是在害怕

害怕你有四张脸

害怕你的秃头

害怕你的酷热

我总想躲开你

我总是躲不开你

我就好像看见无数的飞虫

搅得天昏地暗

为此，我想

我应该剪一缕头发送给你

我是让你受我欺骗

我是在让你为我而死

5

一夜的温柔

你可怀了孕

但愿你不要生出别的东西

一夜过去了，我没有睡好

我总是听见

那离我还远的地方有棵树

在不时地发出嘶叫

像是有谁骑在了它的背上

像是有谁抓住了它的鬃毛

一夜过去了，我没有睡好

我一会儿想起你们

我一会儿又忘记你们

头脑里漆黑一片

记忆深如水井

我投下一个石子

只能传来一下回声

6

我们是泥土的肉
我们是肉的泥土
我们从昨天又来到今天
今天，我不想让你
用你的花园来吻我
我也不想去摘
你身上的桃子
我不想，我什么也不想
我低着头，像秋天饱满的谷穗
只等着被刈割
我不想，我什么也不想
我有的仅仅是无有
我没有的却是所有

7

我们像土地一样
没有失去生殖的能力
我会把生命注入你的身体
别看我已白发丛生
可是我还没老到
成为一块石头
我还会对你说
别用黑暗把自己紧裹着
别去昏睡

我需要的不是吃你的奶
而是需要吸足你的爱
并为此而陶醉
荡漾在你光明的皮肤上

8

在一片寂静中是寂静
在一个男人的火焰中
一个女人像是一锅烧开的水
有人在哈哈大笑
而我却又被抓进梦的牢笼
我只好在梦中想象
我只好在梦中苏醒
在一片寂静中是寂静
在我黑色的梦里
不知是谁在发出绝望的喊叫
这声音似长矛把我刺穿
而我却流不出血
我没有血
我躯体透明
我没有颜色

第三篇

落日像是挨了顿鞭打

在赤身摇晃

而乱哄哄的炎热仍旧炎热

不肯散开

我看见，夏天

它把你逼近角落，它抱住你

它臭烘烘的躯体和下流的动作

在使你颤栗

我是你的屋子

我请你进来

我让你靠着我的墙壁

我让你别怕

我让你双脚离地

我让你承受着欲望的重量

当我的脸朝着你倒下

你的身上是一片火红的庄稼

你的身上是我在燃烧

是我的根在把你狂饮

人们都在疯狂地扑向日子

好像这里只剩下最后一天

一个日子被屠宰

被分割成一块块

一个日子被我们吞食

看吧，人们都红了眼

脑袋在追着脑袋

手在撕咬着手

大的在欺侮小的
强的在侮辱弱的
而你又在干什么
你感觉她的下半身是岩石
从疼痛的裂缝中
正流出令人恐惧的血
一个美好的地方
却没有美好的生活
你哭吧，哭吧
我不在乎会淹死在你的怀里
反正，我迟早总要闭上眼睛
我睫毛的荒草
将掩盖住两口干涸的井
我终将无声无息
不是化为灰烬
便是等到某一天
我白花花的骨头
被泥土的大嘴吐出地面

你笑吧，笑吧
我们比炎热还要炎热
我们的脸在拥挤
我们就像是一块退去了洪水的田地
又被烈日晒干
我们在飘向黑暗
我们也在挨着鞭打和驱赶

走在前面的已和死亡拥抱
行动迟缓的皮开肉绽
我们，是可以战胜的
也可以毁灭
我们却还在人吃人
太阳已被赶出了天空
天穹被钉满星星
而人们又该睡了
我们也该睡了
哎呀，你的身上怎么冰凉
她一声尖叫
让我想到河流
一条河流的肚皮
在急速地磨擦河床

你不必大惊小怪
同你在一起我是别的人
你不是也不是你自己吗
哦，夏天，它总是这样
它光着恶臭的汗脚在我们面前走
当然，你厌恶别人
也同样会被别人厌恶
你是你敌人的敌人
你也是你自己的对手

一年之中

白天有时长也有时短
人一生之中
有时卑微也有时高尚
你不必大惊小怪
当你在高兴的时候
你也许会突然想死
当你痛苦不堪的时候
你也许还想着如何活得痛快
人活着，也会无人理睬
人死了，也依然会被人爱
没有道理的道理也是道理
不合情理的也是情理
你不必大惊小怪
意料之中的也会出乎意料

不必大惊小怪
不必大惊小怪
我们走的是一条死路
我们就是我们的黑暗

第四篇

我的骨骼支撑着你
裸体的空气
柔软的空气

灯光在墙壁上画出我们的影子
轻飘飘的，搂在一起
你离不开我
我也离不开你
我们的影子搂在一起
可是我的眼睛却好像飞走了
我想它撞在了蛛网上
在嗡嗡地叫着
滴溜地转着
我不知它是否看见了我
我不知那是不是我
在看着自己
我们一同呼吸
我们气喘吁吁
一只耗子来回出入一个洞口
满屋弥漫着她的温柔
多么苍白的温柔
多么病态的温柔
夜在流汗
我们在流汗
我们气喘吁吁

一个小时过去了
一个小时像一只乌龟在爬
我们没说话
我们没说话

只有肉的语言

只有带刺的声音

只有你知道和我知道

我们的身体波涛滚滚

你的双腿已指向十二点

你的两臂伸展像烛台

插着十支没有点燃的白蜡烛

你的眼神

像蛇一样在爬动

伸着目光的信子

只有你知道和我知道

夜在流汗

夜进入你的眼里

变得很小很小

还有那些星星也都在你的眼里

但又随你的泪水流出来

滴在我的手掌

我的手上是一颗颗星星

我握紧拳头

只听咯咯作响

我这时的脑海辽阔而又蔚蓝

不见阳光，但也并不阴暗

只见你肌体雪白

行走飞快

你的肌体鼓胀如帆
而我的心里却雾茫茫的
没有火，也见不到光线
只有我在觉出你的体温时
我才会感到
心在轻微地震颤
我与你相遇
犹如两条激流汇合在一处
我们一同呼吸
我们气喘吁吁

我的骨骼支撑着你
裸体的空气
柔软的空气
我们的生命已融合一体
我们的生命，在创造着生命
就像大地在生育着它的日子

第五篇

当我看见阳光
像一群蜜蜂爬满你的头顶
你这时已昏昏欲睡
我想起身离开你
但是我没能站起来

我的双腿已不听我使唤

我的两脚还在鞋里呼呼大睡

我身体的其它部位

这会儿也开始骚动

我根本无法控制自己

我已经不再听从我的指挥

我想喊叫

我发不出声音

我急得想哭

我流不出眼泪

我想痛打自己

我握不了拳头，也挥不动手臂

我想发脾气，可是我没脾气

我只好老老实实，一动不动

任凭眼珠在得意地东瞧西看

任凭头脑在发疯地胡思乱想

任凭身体在任意地胡作非为

任凭自己在戏弄自己

我骂我

我反过来骂我

我嘲笑我

我反唇相讥

我不搭理我

我只得不搭理我

我抛弃我

我被我抛弃

我现在自己已不再属于自己
我无法控制我
这似乎不足为奇
就连我想去死都死不了
因为我已对我没有权利

当我看见阳光
像一群蜜蜂爬满你的头顶
这已不是我看见阳光
像一群蜜蜂爬满你的头顶
我见你昏昏欲睡
这已不是我见你昏昏欲睡
我想起身离开你
这已不是我想起身离开你
我没能站起来
我已不是我没能站起来
不是，你听着
绝对不是

第六篇

你应该用我的眼睛去看你
那样你便会觉出
我多么像一只朝你爬去的蜘蛛
而你又多么像一只

粘在我网上的小虫

现在，你是用你的眼睛在看我

我不知你眼中的我

又像是什么

你能用你的眼睛看见自己吗

你能用你的眼睛

看见你眼睛里的我吗

我现在看到了我

是你瞳孔里的我

他正在贪婪地盯着我

这使我又想到了蜘蛛

想到一只巨大的蜘蛛在朝你爬着

想到它扑住你

不，它是扑住了我

是我扑住了我

是我落进自己的网里

是我在自己的网中挣扎

我是我的猎物

也许，我是因为害怕自己

我被我吓坏了

也许是别的原因

我所有的欲望全部消失

我从她身上滚下来

我和蜘蛛断了丝一样

所不同的是

蜘蛛失去的是到嘴的食物和自己的网
而我却失去了知觉和思想

你还在看着我吗
我现在又像是什么
可惜我已不能看着你
我不能看着你也就不能看到我
我也就不会想得那么多
若是不去想
就会很简单
你是女的，我是男的
就会很简单

等我醒来的时候
她证实现在已是半夜
我探头望望窗外
夜空布满星星
这景象实在迷人
但也令我大吃一惊
我想她不会看懂我的表情
我的面前仍旧还是一张网
那些星星都像是被粘住的小虫
只是我没有找到蜘蛛
不知它潜伏在什么地方
只是我没有被粘在那张网上

我现在又在看着她
我现在真想用她的眼睛来看看我

第七篇

沿着回忆的道路
我走向过去
我一路在不断地变化
我已走过了多年
突然，我止住脚步
停在一座像是我戴着草帽的房前
我推开门
走进刚刚入夜的屋子
见她赤裸着如灯光一般
又见她发觉我后
一阵慌乱
那样子简直就像火苗
忽然被一股气流晃动
她急忙用衣服
把自己皮肤的光亮遮住
背对着我
但很快又转过身
我们的脸在紧紧地拥抱
我们的身体在接触时
升起一团热气

转眼又无影无踪

这情景就像是把火扔进了水里

她没有想到

我还会归来

我也没有想到

她仍孤身一人

看得出，她很寂寞

我不禁心里一阵难过

也听见她开始低声地哭泣

我现在真觉得

我抱着她就如同抱着一把琴似的

我久已没摸过这把琴了

我现在弹出的曲子多么悲伤

我不再回忆

我不再想你

我又回到了现在

我又让自己的头发斑白

我又让自己把酒杯端起

我又想喝酒，喝醉

我又想，是不是人到了不中用的时候

才会往回走

才会追寻往事

才会回顾自己所经历的爱情

自己的痛苦与欢乐

自己的失败与成功

自己的所作所为和自己的罪过

来以此维持自己的生命

难道人老了就是这样吗

难道人老了就什么都老了

我想不是

因为人活到死

也会有不老的感情

我们的感情不会衰老

我又想喝酒，喝醉

我现在端起的是盛满感情的酒杯

第八篇

这是谁的坟墓

这是谁的思念又从地下钻出

并在那块字迹模糊的石碑上长出绿芽

这是谁的血液在石碑上流动

这是谁死后还这样不得安宁

你是谁，你是谁

你如今还在把谁怀恋

难道是这土地的温柔

和这阳光的召唤

促使你产生了复活的念头

你的心脏是否在土壤中跳动

你的那双眼睛呢

是否就隐藏在这片绿色中
或许，你已看到了我
你现在还在看着我
你是否想求助于我
让我把手伸进松软的土里
伸给你
把你拉上这温暖的地面
回答我
我想听你说话
我想听你告诉我
你是什么时候离开人间的
你又是怎么死的
你在世上活了多少年
你是老？是少？是男？还是女
你为什么要被埋葬在这里
回答我
我仿佛听见了你在抽泣
难道你有什么冤屈
是生前？还是死后
在地下有谁陪伴着你
你还在爱还在恨吗
你爱的是什么
你恨的又是什么
告诉我，一个人死后
孤独地呆在地下会是什么滋味
告诉我，一个人死后

是否并非死了

是否还在痛苦，还在思想

还在没完没了地回忆

是否人死了心还没死

是否你根本就不会完全死去

我活着，我知道

心是个奇妙的东西

心也像是有着嘴唇和牙齿

它爱你，可以去吻你

它恨你，可以去咬碎你

请同我说说话吧

地下的陌生人

看你还如此地对人世怀有感情

我这个被你拦住的行人

愿意用心去吻你

如今，这大地上是一片阳光

请问，那地下有没有光明

一个活人对死后毕竟一无所知

我只好去问问你

是否一个人死后才会明白什么是死

第九篇

我醒后，屋内静悄悄
我听得见你心脏的钟表

在嘀嗒地走

天还没亮

离天亮不知还有多久

我望不到夜的尽头

我醒后，想到时间

想到我们是在时间的深处

想到我们也是时间

我们就像海水在漆黑的海洋里一样

我们是时间中的时间

我们是飘动的时间

但不知飘向何方

我已不能辨别

我们所在的位置

也不能辨别方向

我们是飘动的时间

所有的方向都是一个方向

所有的方向都是我们的去向

我们向前

也是在后退

我们的运动

也是静止

我们就像是沙粒

在无边的荒漠上

我们是时间中的时间

你心脏的钟表

还在嘀嗒地走着

你心脏的时间已是什么时间

我不知道

但我却能从你的脸上看出

那钟表的指针

在你的身体上走动

就像牛在拉着犁一样

你已有了皱纹

你在急促地呼吸

你嘴里传出的声音持久而又单调

你一定会有所感受

你所感受的是你的感受

你心脏的时间已是什么时间

我不知道

我只听见你心脏的钟表

还在嘀嗒地走

还在黑暗中走

我们是时间中的时间

天还没有亮

我不知离天亮还有多久

黑夜如此辽阔

我不知距白天还有多远

我们是在时间的深处

我们也是时间

我们现在是黑色的时间

我醒后，屋内静悄悄
你心脏的钟表在嘀嗒地走

第十篇

我不是在做梦
当我发现我是在燃烧
我又是在自身的一团大火里
这肯定不是发生在梦中
我没有做梦
我没有梦
我确实是在自己焚烧自己
我确实是火
我确实是在火里
我已经预感到
我将被自己烧死
我将被自己烧光
我的身体也将化作
一缕上升的轻烟
从此，我不再存在
我的思想成为死灰
不会复燃
从此，我不会再希望我希望

我也不会再恐惧死亡

我不会恐惧

我将感到自己一下变得轻松

从没有过这般轻松

我的头脑也将变得清澈

还有我的心里

一切都将不复存在

一切都将荡然无存

还有我的那双眼

也将熬干最后的一滴水

我不会再看见

我也不再被看见

我不会再称呼我

谁也别指望我会留下什么

我什么也不想留下

我不想留下我烧焦的骨头

来做别人的拐杖

我是在自己焚烧自己

我是在自己把自己烧光

我死于自己的手里一点儿都不哀伤

看，我现在的形体

将化作一缕轻烟冉冉上升

那是我在抬着自己

那是我在为我送葬

我是我的棺材

我也是我的死者

我在飘着
我渐渐地飘散
我终于消失
从此，我不会再死

第十一篇

又一个白天被砍去头颅
天边有一摊血迹
可我看不见那刽子手的面孔
刽子手也许隐没在云里

乌云高高在上
黑暗浩浩荡荡
远处传来轰隆隆的雷声
这雷声就像是无数辆战车的轮子
在向这里滚动
一道道闪电如同刀光剑影
紧接着，从上而来的
是一阵暴雨
这雨水殷红像是血水
这雨水使我想到
我们头上的天空
或许是正在激战的战场
天在变色

地也在变

天在崩溃

地也陷落

大雨瓢泼

人们拥挤，喊叫，奔跑

乱成一团

人们似乎在纷纷逃难

而你也在其中

我同你一样

我们就好像遭到一场浩劫

我们在灾难面前

谁又敢肯定

自己就会幸免

我们毕竟是不能抗拒一切的

也许你这次会平安无事

也许我这次会安然无恙

但这个世上天灾人祸总是不断

我们都可能是幸存者

也都可能是遇难者

死亡对于我们

同样不留情面

我们所不同的

只是谁活了多久和死在什么时候

再有便是

你是怎样地在活和怎样地去死

我们都有着自己的选择
我们也都在被选择
我们毕竟是不能抗拒一切的

乌云高高在上
黑暗浩浩荡荡
天上天下如此景象
我不免感到凄凉
而周围的人们又使我对人失望和苦恼
我真不明白
人究竟是什么
住嘴，还是住嘴吧

第十二篇

当我们久别重逢
这是在我的梦中
这是在我梦中的夜里
我看到的你
是一个活的死人
我感觉到我
是一个死的活人
我们见面仍旧还在把话说
只是你说的话我已听不懂

可我还在认真听你说
我也不知你是否听得懂我说的话
你毫无表情

我对你说
我是在对你说
我已经没有了死
我已经无法去死
我若是想死就要去寻找死
或是去借死
我问你肯不肯把死借给我
我想用你的死去死
你毫无表情

我接着对你说
人是活人，人在活着
人人都不会感到奇怪
人是死人，人在死去
人人也都不会感到惊奇
可若是说你不死
你已没有了死
那倒是怪事
人怎么能不死
人不可能不死
人可不能不死
人不死那是死人

除非死人才会不死

尽管我已感觉到

我是死的活人

但我毕竟在活着

在活着，我就不需要没有死

我也不能没有死

没有死的那是死人

我不是死人为什么不死

我不愿像死一样的活着而不死

我不需要不死

我问你能帮我寻到死吗

或是把你的死给我

我愿意用你的死去死

你毫无表情

当我们久别重逢

这是在我的梦中

这是在我梦中的路上

我们面无血色

我们肢体僵硬

可我们仍旧还在把话说

我说，我们能够知道自己是在活着

我们也能够知道自己已经死了吗

我们活着在生活

我们死了是否也在生活

你毫无表情

你是活的死人
我是死的活人
我不愿像死一样的活着而不死
我不需要不死

第十三篇

1

我头脑里的果实已挂满枝头
秋风又一次踏上我心中的田野
那里也从一片绿色变成一片金黄
如今，我已经步入
自己的另一个季节
我是用衰老换来的收获

2

想起过去
我们曾一起播种爱情
你那时浑身的泥土都在沸腾
我时常在你之上
为你落下阵阵春雨
雨水滋润着我们的幸福

3

有多少个夜晚

我的眼睛把你照耀

你的皮肤一片银白

尽管狂风似狼群

在窗外嚎叫

也不曾引起我们的胆怯

有多少个夜晚

你让我闻到你身上的花香

你让我看到

你嘴唇的花朵在月光中开放

4

我常常感到

我就像是一只船

漂荡在你的水面

船身摇晃

打破了你的平静

而你掀起波浪

撞击着我的船舷

我的四周簇拥着浪花

我如同置身于花园里一样

我置身于你的怀抱

5

可美好的日子
却也曾被劈成碎块
我们有离合，也有悲欢
我记得那时
人不让做人，人在做鬼
你生在地上却求的是天
你有嘴却不能说话
你有眼却不能看
你有腿却不能走路
你有情也只能无情
我们每天只好用心去生活
但尽管这样，我们偶尔相遇
我也能看得懂你脸上的万语千言

6

人们涌向希望的门口
人们在希望的大门进进出出
我记得那天我在门外等你
你终于出来了
你的青春十分瘦弱
我们同路，我们并排走
我们虽然抛弃了希望
可我们并不绝望

7

我们送走了一个个死去的日子
那一个个死去的日子
已埋进土里，渐渐变成白骨
我们也曾为我们失去每一天
和失去阳光而伤过心
我们的眼里
流过泪也流过血
但我们并不乞求
乞求我们不老和不死
我们只愿自己活着像个人

8

你一度曾长满新芽
你一度曾枝叶茂盛
你一度曾满身枯叶
又被大风一扫而光
你的一生就如同起伏的浪涛
你不是居浪峰之上
便是落于浪谷之中
但你一直是自己最忠实的守护者
你也将永远是你的爱人

第十四篇

这是我衰败的季节
我的感情已经枯萎
我独自站在一条
已无人去走的道路旁
形如老树，我觉出
我已落叶纷纷

一块云的阴影
在向我移动
远远看去
像飞来乌鸦一群
这阴影很快便飞过来了
飞到我的头顶
使我不由得一阵颤抖
我就好像听见
乌鸦在我的上空呱呱地叫着
我就好像看到
它们正朝我落下
并一只只瞪着饥饿的眼睛
我的前方
空空荡荡
但神秘而令人向往

而我的周围

到处是野草和残叶

到处是红色和枯黄

只有我的脚下

那裸露的泥土是黑色的

但这黑色神情忧伤

遍地都是成熟之后的凋零

遍地都是濒临死亡的迹象

而残暴的风还在施展淫威

它用它的大手

一把抓住那片树木的乱发

树木在喊叫

像是被虐待的女人

这是我衰败的季节

我们感情已经枯萎

我形如老树

站在一条无人去走的道路旁

我已落叶纷纷

我已经不再行走

尽管前方神秘而令人向往

但我已无力行走

我只能默默地看着

这条无人去走的道路被落叶覆盖

又被黑暗覆盖

然后最终消失

我只能哀叹

我已经走到了我的尽头

第十五篇

当你像早晨一样

身穿着薄薄的雾

从床上爬起

我透过一层轻纱

能看到你因一夜酣睡而浮肿的肉

你粉红色地走来走去

我闻到屋子里仍旧还残留着

昨晚的那股味道

这使我很容易想到

我同你所干过的事

这是一个有着某种经验的人

很容易想到的事

这时刚好七点钟

我等你梳洗完毕

然后同你一道走出大门

我们分手，各走各的

我们都被卷入人群

我们都在街上走
街上的人，我想
一定想什么的都有
有的面孔后面或许像个仓库
或许像个大杂院
也有的面孔后面
或许像个垃圾箱
每一张脸都有自己的表情
所有的表情在早晨
组成了一幅巨大的画
整个画面包含着许许多多的内容
有内容但没有色彩
这幅画灰蒙蒙的

我这时想到你
想到你在人群中时隐时现
想到在人群中你似有似无
人群没你还是人群
人群接着人群连续不断
这大街就像是纵横交错的河道
有这么多的人像水在滚滚地流

我想起北方的冬季
有这种现象
一条奔腾的河流会被冻死，冻僵
当一场大雪遮盖住它的尸体

就如同给死人蒙上白布一块
它躺在那里
无人为它送葬
只有狂风路过它的身旁时
会掀起雪的一角
白日和寒夜在轮流与它做伴
并看着它身上的那块白布越变越脏

如今这里也已经寒冷
可寒冷不会使人群封冻
人在奔流
人群不断
人群之外还是人
这时已是七点多钟
这时我们各走各的
我想你在人群中是多么微小
你在人群中时隐时现

好一幅巨大的人群画面
人人都有自己的脸
每一张脸都有自己的表情
每一个人也都有自己的内容
可我不知道人人都在想什么
我也不知道你在想什么

第十六篇

在这块曾掩埋过无数死者的地方
如今又长出绿油油的日子
一座老房子的墙皮已经剥落
我也不再是从前的我
在今天人们的眼里
我是老朽，像化石
我的时间似乎不再流动血液
我现在已被现在遗弃
我的过去也已被现在遗忘
我每天只有自己守候着自己
自己牵着自己的影子
我落满灰尘

我的生命也似乎不再是生命
我的历史无人翻阅
我也不再翻阅自己
我不想自己再看到自己
我就是这样地在等待自己腐烂
我慢慢地在腐烂
我不死，可也不像在活着
我已不再是从前的我
我已没有笑容

我也不会再笑

即使我偶尔把嘴咧开

也显得那么丑陋

我现在已不会像过去似的

来把人吸引

吸引人来采摘我的微笑

我已没有笑容

我满脸冷清

我的两眼无神就像两片枯叶

在从高处飘落

飘落在地上

渐渐变得污浊

这人世间依然还有一小块地方

摆着我这颗无用的头

我的躯体，像只破船

却还没有沉没

我每日照旧浸泡在

茫茫人生的水流里

只是我的生活已不是生活

我的头脑早已空空如也

没有过去，也没有现在

更不能去想象将来

我的心中也已荒无人烟

越来越阴森可怖

我的心比我还要孤独

我现在真像一座坟墓
自己埋葬自己
但我还是怕死
我也怕活着

在这块曾掩埋过无数死者的地方
如今又长出绿油油的日子
一座老房子的墙皮已经剥落
我也不再是从前的我
我的记忆里已没有记忆
我的记忆里空空荡荡
即使还残留着一点儿东西
也已模糊不清
我不再痛苦，也不再幸福
我不再会为了我的幸福而痛苦
我即将结束
把一切抛弃
我现在已被我挥霍干净

我梦的大门不再打开
我思想的墓穴开始封闭
我在同我告别
我不留恋
我同我分手之后将一无所有
我在结束
结束的是我
死亡从我的身上什么也不会得到

今天是哪一天（2000）

无雨的雨季

好一堆懒散的文字
骤然变得疯狂
也使抒情近乎残忍
同时更令我的心
（这或许是因为我爱你）
在日渐消瘦

我不知道那同我相似的
心仍在跳的
到底是那块石头
还是那石头的阴影
（我此时闻到一股腐烂的味道）

我此时眼见死者的踪迹
依然在世上出没
尽管他们没有面孔
也不再呼吸
尽管他们那么多的人
也只是像一个人似的
但一个人的声音
（我听到了什么）
是一片人海那浪潮般的呼喊

一个人的声音如同梦幻
既五彩缤纷
又震耳欲聋

而凡是沉默的都在沉默
没有不变风向的风
也没有不变颜色的颜色
当然更没有
没有死亡的生活

多么干旱的光呵
（这时节正是雨季却无雨）
多么锐利的光的爪子
在把坚硬的地面抓起刺耳的尘土
（或许这是真的）
往往是这样
那些似乎最强壮的
反倒总是显得最软弱

时间并非无所不在
想象也有枯竭之时
人更是如此
（唯有我们活着才有历史）
多么饥渴而又贪婪的爱呀
（我这样在想）
液体的人

骨骼柔软

是水在对你说话

水在飞翔并盘旋在你之上

爱你！（我相信这是真的）

心早在这之前就已经碎了

但愿痛苦万分的只不过是文字

但愿语言伤害的仅仅是语言

我真不知道腐烂着的

到底是那块石头

还是那石头的阴影

可我却明白我是什么

（天好像要下雨了）

生死相聚

阳光静默
听身旁树木发出的声响如哀歌
四个方向是四种不同的景色
那在坟墓里的人什么也不说

天空漠然在上
无任何生命掠过
更无雷鸣把头探出
渴望雨水的大地生长的是火

酷热也难以忍受酷热
离别其实难以离别
人死虽似烟消云散
但感情却从来没有灭绝

枯萎的只是皮肉
熄灭的只不过是热血
时间同样也有死亡之时
星辰也会如花开花落
匆匆忙忙的人生
来来去去的岁月
我们都走了一段自己的路

只是你的曲折不同于我的曲折

生者和死者相聚
犹如天地相对而坐
没有言语反倒谈得投合
无话则意味着想说的太多

死的活人

一条老街和一座老戏园子
是一部电影的拍摄场景
当人马到齐，准备就绪
与你同走在一条街上的便是过去
有老得像墙皮剥落似的脸孔
还有花枝招展的百年娼妓
到处弥漫着腐臭和发霉的气味
就连叫喊和吆喝声也仿佛来自鬼魂
还好，我是演员，我怕什么
再说我所饰演的不就是个鬼嘛
我的鬼影走上舞台
遗憾，鬼在台上无人喝彩
我的鬼影悲痛欲绝
可惜，鬼的哀伤只会令人起鸡皮疙瘩
我大怒，并破口大骂
我骂的是人，怎么都没长着人脑袋
不想这下可惹恼了导演
他一步蹿上舞台，急令停拍
他质问：鬼是你这样的吗
我不解：鬼是什么样
他大喝：鬼当然是鬼的样子了
我还是不解：鬼的样子是什么样

他手一挥指着众生相儿

你看看这都是哪年哪月的人

那年月的人能活到现在吗

你们现在是死而复活

你们全都是死的活人

导演说完立即开拍

我突然听到台下空无一人的坐席上

竟响起一片掌声和喝彩

激荡的河流

清闲的日子太容易衰老
即使光阴退却也是在向前
气喘吁吁的是你的心脏
永不消逝的光线曲曲弯弯

愚蠢的书籍
病态的大脑
勃起的舌头
芬芳的皮肉
回忆仿佛是从泥土里打捞沉船

罪恶也是美好的
如果没有罪恶
每一天都是末日
如果没有末日
真实真的真实吗
无知的知识毕竟无知
一旦思想离开我们
我们就会变成烟
人在痛，伤口不会沉默
遍地都是零零碎碎的生活
人满为患

人欲泛滥
就连那葬入地下的尸骨
也未必甘于寂寞
他们兴许会在某一天钻出地面
照样开花结果

纸在手舞足蹈
惊醒的词句极端粗暴
但你那清凉的肉体
却总是那么悄声细语
这使我真正感受到
那是一条激荡的河流
在我的身下燃烧

一个下午

我一直在想
我到底在想什么
我若是什么都去想
那我肯定就什么都不想
这就如同我还在梦中
那我就不会再去做梦
这就如同天黑得太黑
我就无需再用眼睛
这就如同你实在太美
美得甚至有些模糊不清
那我何必还要那么多心
这就如同真诚也那么虚伪
那么爱与恨又有什么不同
多么明智的选择
如果你没有发疯
多么温柔的体贴
如果你心里没有冰冻
听自己在说
只有听自己在说
一个下午阳光冷得发抖
思想也卑微地蜷缩在一个角落
一个下午不见你来

也不见一个人影儿

唯有一只鸟儿飞进我的瞳孔

并开始在我的头脑里筑窝

两个人的时间

两个人的时间在一间屋内
一间屋内有两种不同的时间
不同的时间不同的感受
不同的经历不同的人
用不着说话也可以交谈

两个人的面孔模糊不清
四面的墙壁方方正正
方方正正的一块昏暗的空间
到处都是感官
不那么敏感也敏感

两个人的事情围绕一个中心
一个中心形成一个圆
从起点到终点是同一个地点
同一个地点同样是人
用不着理解也可以理解

人性依旧

太熟悉的声音在屋内颤抖
引得思绪从头脑中
伸出一只孤独的手
是爱在抚摸
情感赤裸
躯体顿时响起一段优美的音乐

人性依旧
岁月更显年轻
当光芒刚刚从那边拐过弯去
这淫荡的日子
便被欲望的巴掌拍得啪啪响

不知心在何处
闭着眼睛去寻找
一条丰满的裙子在怪声怪气地扭动
荒芜的女人
一股野性
太熟悉了反倒感觉陌生
是时间在无情地撕毁她的美貌
是墙壁在悬垂着苍白的乳房
是语言得到了满足

是影子有血有肉

当温柔渐渐冷却
情爱便化为灰烬
你还让我跟你说什么
我们彼此谁也不在乎缺少谁
我们都只是对方的另一个

虚掩的门

睡眠时的光一身赤裸
黑暗像是一扇虚掩的门

忽听额头上欢声笑语
抬眼见一块块巨石宛若一群女人
她们躯体敞开摇摇摆摆
风绕着她们的腰

夏日未到
梦里却已热得使人难熬
热的皮肉
热的心跳
热的欲望时而发出尖叫

睡眠时的光一身赤裸
黑暗像是一扇虚掩的门

忽觉身旁有人在动
猛醒却不见任何人影
心烦人躁
那滋味就好像
心脏是一只被击伤落地
而在挣扎扑腾的鸟儿……

今天是哪一天

几点了
我问你时间
什么时间？它在哪儿
可怜的时间正龟缩在表壳下面
灯光黝黑
（这或许是你的皮肤）
酒杯清脆
（你好像是在狂吻赤裸的流水）
无人注视
（水的肢体在迷人地舞动）
空气忙碌
四周是欢快的烟雾

再来一杯！别去管它
什么时间不时间的
你知道时间有多少岁
无人在意
我们没有喝醉
（胡言乱语的只是酒杯）
无人离去
（今天是哪一天）

想了又想

你知道吗

今天一定离我们非常遥远

空房子

纸上的文字黑压压一片
就像地上的蚁群在忙碌地觅食
想让你是什么你就是什么
想让你去死你就得去死
虚构使生和死如此接近

随意地去想
任凭去编造
脑袋就如同是座大房子
不过末了，里面已空无一物
也空无一人

人都哪去了
人都变成了文字
人都在纸上
人都成了觅食的蚂蚁
无奈，空房子只好沉默不语

一座空房子独自饮酒
酒后醉倒在自己的怀里
无人理睬
无人知晓
也无需别人知道

流动的玻璃

一片空白也是一片漆黑
伸手轻轻触摸
才知道水是那么容易碎
水就如同我时而清晰
时而又混乱的记忆——
那是一条翻滚流动的玻璃
它把我的内心冲刷得伤痕累累

一次相聚也是一次别离
同你紧紧拥抱
才知道唯有自己不能离自己而去
人是什么
情又是何物
苍天为什么不死
你同样也是个难解之谜

水也饥渴

同是一个地点
却不是同一个时间
同样是人
却是不同的人样
我知道你
其实我对你一无所知
我在把你注视
却正是我的眼里无人之时

天色渐渐变暗
突然亮起一片水面
水的皮肤长着一层毛茸茸的光线
倒显得水也妩媚
浑身色彩斑斓

同样在一个地方
却不是同一个夜晚
同样是在等待
却容颜已变
想当初我跟你道别
其实我们已经离得很远
我说我不会在乎什么

内心却对你依依不舍

此时此刻
我感觉水也饥渴
水面仿佛张开了大嘴
一道裂缝深不可测
水变得坚硬了
水的面目显露狰狞
我猛然醒悟
原来如此
原来你也一样仍旧难改本性

血还活着

所有的颜色都是一种颜色
只要两眼一闭
她说她便梦如大山
梦高五百米
只要两眼一闭
她说她便不由得向下坠落
梦深似谷
浑身碎裂

所有的颜色都是一种颜色
她说这是真的
她的母亲在不久前
就是从那么高的山上摔下去
轻飘飘地像片落叶
直坠入山底
只要两眼一闭
她说她便梦如大山
梦高五百米
只要两眼一闭
她说她就会去寻找妈妈
并梦见山下的那片血还活着

梦也显老

年久，桥旧
一座旧桥年头儿太久
就连梦也显老

虽说一年四季都有风
但也终不能把什么都刮得一干二净
往事仍有些像钉子
牢固地钉在心上

可毕竟
年头儿太久
情感坍塌
欲望支离破碎
生命更好似残垣断壁

年久，桥旧
梦也无味
一座旧桥
一身疲惫
但只要人在走
它仍旧无所谓

如此了结一生

无人走出去

也没人走进来

一间空荡荡的老屋子在独自发笑

一间空荡荡的老屋子大门不出

但它能感觉到旧日人的感觉

它终日无事可做

要么胡思乱想

它想的是过去人所想

它每日生活依旧

时而也会动情

它动的是怀旧之情

它如今根本就力不从心

它一生也无所作为

但它却啥都不在乎

它唯一所怕的就是不怕

它唯一所奇怪的是见怪不怪

就这么它总是独自发笑

或许是笑自己在笑

就这么直到有一天

它突然被人给拆掉

它才对自己如此了结一生

而感到真有些莫名其妙

人在高处

人在高处
才觉出自己的重量
心像是一块轻飘飘的铁
并非最轻的飞得最高
也并非落得越快就越沉重
铁同样也会心惊肉跳

人在高处
未必就看得远
人想得多
未必都值得
不是人人都在朝高处走
水也不都是在往低处流

人在高处
不由得要向下看
而下面的人却在昂着头
人离人近了
会觉得人越发生疏
人远离了人
反而越觉得人亲近

人在高处
才觉出人有多么渺小
心在自言自语
才感到语言是多么高傲

大墙之内

大墙之内
忽明忽暗
忽冷忽热
我听你的声音无声
你看我的身影无影
大墙之内是我的梦境

往事纷飞
旧日成灰
荒废了那么长的岁月
摧毁了那么多的人
我的梦中火光冲天

燃烧的是头颅
沉默的是愤怒
时光在倒流
前后数十年
不过是一眨眼

心在心之外
人在人中间
忽前忽后

忽左忽右
我不是我的尽头
你也不是你的终点

终于，墙倒
梦飞散
死灰不再复燃
听我说
我对你并非随随便便
我对你的迷恋也绝不止就在生前

一念之差

你终于离开自己

紧裹着一身皮毛

你的叫声格外疼痛

在暗中又蹦又跳

你的形体无形

你的行踪不定

你一脚踏上那块红色的岩石

那岩石红得像块鲜肉

你屠宰情感

并剁碎成一块块

你吞噬恐惧

为的是不再恐惧

你不知不觉

知觉已失去知觉

怀着恶意的善

怀着善意的恶

你的开始便已意味着终结

水里有风

水里有风
也有迷人的景色
头脑在水中思索
当软体的夕阳缓缓爬进长河
思想也随之沉入河底
水里的黑暗实在太亮

四只手谈情
都有些情不自禁
一对难舍难分的身影
赤条条的河流仰面朝天
河水不动
是山在两岸急急地奔走

我越想不顾一切地爱你
越觉得自己无能为力
对此你却似乎并不在意
水里有风
也有迷人的景色
水的所作所为好像从不多加思索
这或许就像我们有着不同的性格
你为什么就不能随心所欲
你为什么要想得那么多

拒绝言谈

清醒的睡眠
拒绝言谈
你轻盈的体态多年不变
惺忪的目光似烟雾缭绕
成熟的欲望隐藏在笑容里面

夜晚昏沉沉的房间
一脸呆滞
光溜溜的灯光
眼神僵直
我们各有各的心思
各想各的心事
时不时变动一下的只是我们的姿势

甜言蜜语
全都已消化在胃里
粗俗的词句
更不会飞出口去
拒绝言谈
但并不拒绝爱恋
直到入梦
我们彼此还冲着对方
不住地睁开双眼

指天而问

不能什么都不想
酣睡的石头也在做梦
还有那些栖息在钟楼上的鸽子
它们的头脑里似乎也并不太平
大钟总是在紧张地思索
谁知道它在想着什么
钟的手指像是在指天而问
可谁又能听到天的回答
尽管天是那么博大而又精深

不能什么都不想
就连脚下的路面和沙尘
也在不停地转动着脑筋
更何况我们这些人了
天知道人人都在想着什么

实实在在

他对我讲述自己
讲述那座旧城
讲述那里的日子像匹马似的
在用四蹄用力地拉着
那辆千年的破车
他讲述那里的街道
忧郁或愤怒的街道
脸在人们的脚下拉得老长
他讲述那里的人群
有老的和少的
有破衣烂衫也有酒足饭饱的
他还对我讲述那里的女人
他所讲述的女人像是盛满了水的器皿
眼珠子膨胀
皮肤光亮而又滋润
他对我讲述的
都是一些粗糙和无奈的事情
前言不搭后语
绝不引人入胜
但是我一直在认真地听
他讲述凶杀、吸毒和卖淫
他讲述残忍、冷酷和陌生

当然他也讲述那里的美好

不过那美好似乎是不属于他的

他有些自暴自弃

他认为自己命该如此

他两眼如同死鱼般盯着我

并问我是不是人死会比活着开心得多

我只能实话实说

说我还活着没死过

那死后会是什么样我怎么能知道呢

他听后对我竖起大拇指

并说我这么回答他爱听

他还说做人就得实实在在

不知道就是不知道

自己是什么人就是什么人

别像有些人不是人的家伙们

虽然表面一副人的模样儿

其实却长着狗脑子……

狂欢的酒

狂欢的酒
撒疯的肉
灯光肥胖
醉态臃肿

好一堆乱哄哄的脸
一个个较着劲儿地比着粗
听谁骂人骂得狠
看谁比谁更不是人

躲也躲不开
拦也拦不住
丑陋无所不在
邪恶满嘴人话

而人却人话不说
人话谁听你的
哦，看她看我时的眼神
简直干净得干干净净
好在不包含任何内容
因此才使我一脸平静
若是她也毫无羞耻
那真难说我是否会被引得心动

距离明天还有一年

距离明天还有一年
明天，那是一个地点
一年，也并不是什么时间
人与天地同生
人与日月同行
人与万物同为一体
你是自己同样也是别人

上天有路
入地有门
生生死死无处不在
谁又能免遭祸害

距离一个地点还有一年
地点，那是明天
一年，那不是什么时间
我与天地同生
我与日月同行
我与众生同为一体
我不同样也是我们

没有这个日子

生活中没有这个日子
这个日子所发生的事更是没有的事
没有的日子
没有的事
却倒使人反复回味
并更觉得真实

心里的季节不同于世上的一年四季
内心的经历更有别于人身的遭遇
突然面对死亡
才发觉死亡如此怯懦
一摊僵硬的血迹赤裸
惊得泪水霎时从天而落

最终归于寂静的还是寂静
最后没跟你说出的话还是没说
空气苦涩
人无可奈何
我只好紧紧抓住这即将离去的
噩梦的手臂，不愿撒手
更不愿与你从此告别

并不存在

这座庭院是你的家
无人打扫
破败不堪
就如同我现在的内心
太寂静了
就会把人惊醒
由于过度的思念
倒觉得自己的身体比影子还轻

走出自己的身影
免得再去牵挂
免得难舍难分
走进自己的内心
却仍看不见你那结实的轮廓
和那与我对视的眼神
唯有光线被纷纷折断
落在地上
悄然无声

太爱你了
才知道心有多么寂寞
多么凄凉，多么空虚

太久地把你等待
才使我恍然明白
这座庭院是你的家
可你却并不存在

燃烧的眼睛

离奇也不离奇
经历确是头一次经历
醒后也是这么觉得
这一夜我和你一同睡在你的睡眠里
你的睡眠温暖无比
而我的梦里却阴雨连绵
你像一条道路在我的怀中扭动
我们没有肉体
我们只有浑身泥泞

听屋内水在锅外沸腾
听窗外风在猛击玻璃
而后一声碎裂的尖叫
不知是玻璃被风打碎
还是风被玻璃狠狠划伤
风在窗外继续猛击玻璃
水在锅外继续沸腾
而锅内其实空无一物
倒是火中有四只燃烧的眼睛

年轻的时间

二十多岁也可能到了晚年

三十岁时也许已过了六十年

唯有时间总是年轻

但却不再有年轻的人世间

看那位街头上的老者

内心中已被往事塞满

如果一个人心里什么事全无

那至少应该是死后的日子

他两眼一直呆呆地瞅着地面

仿佛那是一张令他难以忘怀的脸

而后突然发生了下面的事

这使我不得不对老者刮目相看

一位青年有着一身成熟的肉

他只顾急匆匆地赶路

不留神一下子撞到了老者

按说他该道个歉也就算了

不想他出口不逊

反倒责怪老者挡路

这可惹急了那位老者

妙就妙在他张嘴开说

他说你骂我老不死的没错

我这不还好好地活着吗

谁又没有过年轻的时候

难道你爸爸一生下来就是个老头儿

你是比我年少这也没错

但我却死活瞅不出你有哪点儿进化

若是猿人生活在今天

我看也不会比你缺少头脑

更不会像你这么不懂礼貌

你年轻怎么了

你还能变了种啦

那王八蛋里钻出来的能是什么

不照样还是个王八……

之前或者之后

又到了等你到来的时刻
每到这时头脑便不由得发热
心急匆匆地迎出门去
跑下台阶，看户外
唯有静止不动的树在动
听静悄悄的下午
唯有沉默不语的人在诉说
昏沉沉的光线
昏昏暗暗的景色
这一刻似乎同样也是那一刻
那一刻是否在这一刻之前
这一刻是否会使那一刻有所改变
之前或者之后
我总是怀疑你是否真的来过

美梦长眠

当心血耗尽
火也突然变得那么冷
火光凝固
美梦长眠
人的生命毫无神秘可言

想你一生简单而又短暂
想你一生仿佛只是一天
从清晨上路
到日沉西山
你的踪影便被掩埋在黑暗里面

而死亡漫长
孤独久远
唯有你生前未了的心愿
还仍将伴随着你
并时常把你搅得不安

死也不安
唯有美梦长眠
死也在活着
因为你依然还固执地
宁愿去继续忍受那永无休止的折磨

弯曲的声音

不知是什么压弯了她的声音
她的声音坚韧而富有弹性
我觉得我的体重轻如空气
而她的声音弯曲却更显锋利

她的声音穿透了我的躯体
也穿透了门和四面的墙壁
这使我瞬间便缩成一团
也使门和墙壁瞬间变得柔软

但我却并没有因此而产生恐惧
倒是眼前呈现出的一幅幻景令我惊异
我看她的形体如同一只船漂荡在激流上
可突然间流水全部沉没却不见显露河床

她摇摇荡荡悬浮在半空中
她湿淋淋的肉身随时都有摔下去的可能
我想她若是一头掉进无底深渊
那我也同样面临着完蛋的危险
情急中我连忙冲她摆手示意
可她却对我的担心和劝告全然不理
她索性门户大开并且更加无所顾忌
她的声音也越发弯曲越显锋利……

无人之时

无人之时
无人的地方也有知觉
看不见的死者仍在流汗
头脑里一片血腥

想远离一段时间
想让记忆凝固
愿大地从天而降
愿心静止不动
当然只是一瞬间

人来得突然
去得也突然
突然便有了知觉
或失去知觉
唯有知觉才能够觉出美

才能够觉出恩爱或无情
才能够觉出痛与不痛
无人之时
无人的地方也依然疼痛

不需要有任何道理

也不需要告别

和举行死者葬仪

更不需要知道死在何处

一年只有六十天（2007—2010）

上天从不说话

现在是谁的开始
现在又是谁的结束
不必回头去看
你就在你的对面
你面对的就是你自己
你知道你离你有多远

上天从不说话
开口就是阳光
开口就如此寂静
静得两耳满是声响

有多少人在挣扎着呼吸
可我们却感觉空气仿佛已死
我们陌视自己
人们也彼此陌视
只有人比人更无知

或走，或停，或原地不动
我们其实始终是
自己在围绕着自己打转
我们又像是淹没在水里

被弄得四分五裂面目全非
那都是因为水碎了

你总是你的起点
但最终你还是回到了终点的你
你无法保持你原始的心态
也无法保存你过去的神态
你就是一块缩小的时间
你的生活也依旧在生活的地方

今夜不睡
只因为头脑里太亮
太多的色彩在四处飞扬
太多的人和事物在来来往往

2007年7月

重量

没有疼痛也在疼痛

如果没有知觉

没有知觉是否还在知觉

如果没有重量

没有重量的形状会是什么样

如果没有形状

没有形状的重量是否更为沉重

只是瞬间

又那么突然

我便被压挤得断了视线

但我却依然能够看见

那些看不见的

我看见了看不见的

我看见了体内的血

在体外循环

我看见了多少人生的路

在此中断

我看见了水

其实没有水

水似乎比人还要口渴得厉害

我看见了在我之上

上面还有天吗
我看见了更高的高处
高处的高处又是什么

而在我的下面
我的下面还有下面
高处从来就不是高处
我看见了我也听到了
我听到了人的心在跳
这心跳是我的还是谁的
我们谁是谁重要吗
重要的是
人的心还活着
我们的心还在跳
我们都在用自己的心
在废墟中相互寻找

没有疼痛也在疼痛
没有亲人到处都是亲人
你此刻身在何处
而我又在哪里
没有声音却到处都是声音
在我的下面还有下面
在底下的底下
还有更底下的人
一场巨灾降临

砸碎了多少人的心

还有多少人在痛苦

在呻吟或生死不明

灾难就是灾难

灾难是重

无形的重量极为沉重

人能承受的则为轻

当然轻也是重

我们活着

我们仍旧活着

人活着就是一种奇迹

人人都是幸存者

人类永远是灾难的主角

就因为我们是人

我们是人

小心！一不小心

我们便可能会成为灾难的同谋

2008年6月

一年只有六十天

1

风吹动骨骼的响声一夜不止
在天亮时总算停息
当觅食的鸟群又狠啄铁皮的屋顶
布谷鸟的叫声证实了这里的宁静
人们依然生活在自己的生活里
万物也仍旧充满生机
唯有死者为何死后还在叹息
越不想记忆的事却总会想起
忘记其实是难以忘记
死去的人知道自己死了吗

2

性感的时间又一次朝我逼近
而那些孤魂野鬼
还在继续寻找着爱
满眼都是舞蹈的墓碑
满天都在飞翔着奇异的鸟类
此时的我已全然不顾

任凭自己的肉体去发泄
人性中那点兽欲的行为
性感的时间在空气中持续地喘气
随后便渐渐地散去了人的气味

3

潜入血液中的热风
充满着腥气的柔情
我所能触摸到的
仅仅是像她性格一般的恬静
时间在一点点破碎
拥抱你的只是她遥远的眼神
品尝女人体味的水
同样也在被女人品味
你占有的人也在占有你
你与她的距离也是她与你的距离

4

在伪装的语言的背后
笔直的光线像伸长的脖子
戴着肉欲的项链
疯狂地爱恋

我仿佛已感觉不到自身的存在

在想象中想象

从头脑里伸出手掌

每一天都是最后的日子

每一天都在痛饮自己

因为痛饮自己才会为爱而醉

5

开始于日出是一个生命最初的生命

在肉体柔软的墙壁里

晃动着不断变形的影子

我感觉到那跳动在我心上的她的心跳

我感觉到了她的那不安的心

似乎比平静时更加平静

由于有情才使我们如此亲近

由于亲近才使我们沉默无声

无声的声音更显得轰鸣

转眼间就好像山崩地裂吞掉了我们

6

道路在雨季折断

潮湿的胡子生长在水面

在两片脸蛋儿般的水面上
漂浮着带刺的根茎
一声叫喊尖锐地穿透皮肉
惊恐的衣服也不由得跟着颤抖
带出家门的躯体
又被带了回来
尾随而来的淫欲
也将会随雨水而去

7

整个夏日消瘦
人也无力地藏起舌头
在人们形体丑陋的后面
是一片相互拥抱的树影
还有风在做爱的姿势
和热浪胸脯上高攀的尖顶
整个夏日就如同一条疯狗
一条疯狗又像是一块软绵绵的石头
一块石头在气喘吁吁地追赶
一根奔跑着的带肉的骨头

8

没有一丝皱纹的天空

没有人关注谁何时死掉

而作品中的人

却在为死而去死

无名的面孔无声无息地飘过

赤着脚的寂静

从寂静中悄悄走来

一个固执漂亮的小女人

像是悬挂在一棵老树上的果实

她随着晨风摇摆

风中还弥漫着一股烟草味的尘埃

9

倾听一双眼睛的话语

她美得令人窒息

令人窒息的是她脸后的那张脸

那是一片燃烧的黑色

那是一团凝固的火焰

她的眼睛清澈如水

清澈的水却深不可测

没有回忆从水底上升

只是当光明也显得阴暗时

那水中才浮现出一具被撕碎的身影

10

多情的阳光

多情的面孔徐徐飘落

吞食光线的女人

她们的毛发疯狂

她们的毛发如多脚的虫子

在床上狂乱地涂抹

智慧显然是愚蠢的

正如欢乐总是眼泪

四面的高墙因女人的皮肤

而变得雪亮

赤条条放荡的行为

只是由于一只手伸进了圆形的声响

11

盛产孩子的村庄

也盛产新郎和新娘

每一天几乎都是喜庆的日子

每一天都过着相同的生活

好像这里的一年都是同样的一天

好像这里的日落连续不断

所有的大门始终敞开
所有紧闭的日子已不复存在
人们不需要任何钥匙
不需要任何钥匙来打开自己
和打开自己的脑袋

12

穿过歌声的走廊
她扭动着光一样的腰肢
散发出欲望的颜色
她像朝霞般出现
灿烂的笑声似鲜花开放
她的激情如浪花四溅
她平坦光滑的腹部却温顺地合着眼
可她的内心在闪亮着灯光
我的眼前仿佛是一条
流淌了千年的母亲河
河上漂流着一对高傲的乳房

13

堕落的日子
每一天都在堕落

所有陌生的面孔

是同一张面孔

没有生命的生活

和没有生活的生命

在这里人们已经不认识自己了

枯黄的女人

痴呆的双手

只有记忆中的一根骨棒在歌唱

一根骨棒颤抖着

站立在两条河流似的大腿上

14

出没于黑夜的女人属于黑夜

在她不为人知的心里

比黑暗更黑的或许是光

她的回忆都是谎言

她的美好都是创伤

她的痛苦就像是一条光溜溜的鱼

无休止地在她的体内游荡

她没有叫喊

却已经发出了声音

她没有沉沦

却已经死了心

15

就像是一场盛宴

就像大地和天空的婚礼

在一阵狂风暴雨之后

所有的树木都已经烂醉如泥

所有的门窗都不再欢笑

就连雨后的夕阳也显得冰凉

男人像船一样靠在了女人的岸边

任随稠密的汗水

在肥沃的肌肤上流淌

沉寂，一切又归于沉寂

沉寂中隐隐约约又传来轰隆隆的雷响

16

一颗头颅在注视远方

孤单单的眼睛里透出了悲伤

一个美丽的死者

一种孤独的欲望

一个生前死后都在梦想的梦想

一条河流是看不见的河流

一条大街滚动着虎皮似的波浪

一块肉体的花岗岩
也是花岗岩的肉体
一尊已不再思想的雕像
却还在希望着自己的希望

17

泥沙的瀑布从天而降
哀伤的人群随风飘荡
水花柔软而水面坚硬
水花在水面上形成一片闪光
张开翅膀的身影飞不到天上
落地的泥沙却漫天飞扬
活着的人只要活着
总会为死者送葬
而死者不过是走在了生者的前面
没有死者相信自己的死亡

18

今夜,天空落在地上
天地分不清,到处都是星星
泥水居住在我们下面
阴森刺目的是路灯

我此时在寻找着自己
而我找不到自己
我不在任何地方
唯有虚无无处不在
今夜，一群酒鬼的名字
被酒杯碰得当当响
酒不是用来喝的
酒在为我们歌唱

19

行走在纸上的不是文字
而是一缕轻烟
一股飘来飘去的花香
像长发披散在她苍白的肩膀
她面朝着我走来
我却感觉在走向她的身后
她坦露的情感晶莹剔透
可我的内心却阴郁泥泞
在她的肉体鲜红的里面
我想象那是一个生命的外面
不论里面外面
一切美好的都是我眼中的美景

20

我听见地下的树根

在扑打着翅膀

但树木并没离地而去

她躺在那里一动不动

可身影却一直在站立

她在她身影的目光下安睡

生命似乎又返回了生命的原处

花园的气味并不好闻

此时看不见自己的眼睛

也像是掉到了水中

没有时间了，没有时间

忽听到她一声叹息

我们今生今世也许只能

在另外一个世间寻欢了

21

谁都不认识

一个死去的人是谁

一幅被划破的画像

一块被揉烂的色彩

人活着都有笑的时候
人死了还会不会再笑
没人知道另一个人的心是谁的
就像记忆只是自己的一样
一张会说话的脸
其实谁都不知道她在说什么
一个不知道在说什么的女人
动人的是她动情的泉眼

22

当门被打开
里面一片鲜艳的桃红
一上午来三次的访客
发现湿润的门上长着双眼
那两眼犹如猛兽般地
对着来者虎视眈眈
那门前生长着一丛
漆黑发亮的草尖
来访者来访三次
才听到有声音飘进了耳朵
我怎么这么热啊
我会不会死去呢

23

大风刮过之后
大地又苍老了许多
村庄还在沉睡
村庄里埋藏着形形色色的梦
一阵莫名的伤感在心中苏醒
伤感使心极为沉重
当啄食黑暗的光渐渐临近
充满情欲的神经
突然蠢蠢欲动
生命太需要畅饮了
迎面扑来的黎明
已张开了诱人的双唇

24

空空如也
空无一物
精神的中心仅仅是精神
昨夜我可以在别的睡眠里入睡
别人也可以在我的梦里
像两道白光一样

用力地伸展着长腿
一张脸在兴奋地绽放时
预示着一次高潮即将来临
可高潮的到来
又预示着什么
美梦总是在这个时候惊醒

25

梦中的气味还没有散尽
睁开的眼睛里已消失了人的踪影
只有回忆中的人还保持着原先的姿态
一半身子在里一半身子在外
一只喜鹊飞来没带来喜讯
一只猫蹿上又掉下窗台
一夜一去不复返的只是一夜
一天不再来了永不再来
我打开房门我没走出去
没有走出梦境的人行为古怪

26

天黑得早时天亮得就晚
长夜有时也变化无常

孤零零的塔楼每天守候着日出
它又以同样的方式在目送着日落
在一张床上的日子里
一年只有六十天
六十天中每一次抒情都如醉如痴
梦断了人便无影无踪
可情断了人却还在

27

村妇高叫的声调野性
每天清晨来自墓地
还有来自墓碑清脆的招呼
一片白花花的臂膀
在齐刷刷地摆动
那么多人那么整齐地排列在一起
谁也不知道谁是谁
谁也不知道谁是在何时何地死去
年复一年，日复一日
出生的还在不断地出生
墓碑的队伍也日益壮大和拥挤

28

没有诞生便已经死去

生生死死的事不足为奇
地里有多少腐烂的种子
又有多少生命腐烂在泥土里
那些鲜嫩的小手
即使挣扎着伸出地面
也脆弱得奄奄一息
大地从不惊讶
惊讶的是我们的无知
满天的星斗覆盖在我们的头顶
生来死去的人数也数不清

29

转眼已是秋日
秃顶的屋顶依旧秃顶
白发的老人依然白发苍苍
支离破碎的浮云在高处闲逛
摇头摆尾的流水略显凄凉
远望一个独自出现的女孩儿
她像是从一片火焰中走出
但她毫发无损
场景很是辉煌
耀眼的秋日
鲜艳的女孩儿
满眼都是芳香

30

当那条赤裸的光芒
再一次仰卧在空荡的房间里
我手中的笔坚挺而流畅
它书写的是一条并不存在的河流
激荡的满是苍凉
令人眩晕的色彩
是看不见的色彩
令人迷恋的美人
是看不见的美人
伸向屋顶的双腿在不停地吟唱
用双手捕捉不到的
永远是那又将告别的光

31

衰老的日子被拉得很长
旧日的伤口重新在新鲜地呼吸
情感是一条弯弯曲曲的小路
人生也不过是人在围着自己转
爱情更是没头没尾
心脏般的石头依旧像
石头般的心脏在跳动
没有走出这片土地的身影

却已经走出了自己的视线
我们朝前走
朝前不是一个方向
我们的前方是四面八方

32

四面八方的尽头
是望不见的尽头
而我们之间的距离
再远也远得不远
并不存在的景物存在于脑海
就像梦里的情景不同于梦外
一个人有时也是另外一个人
一个人的爱也是另外一个人的爱
高处的情感还在高处
心飘了上去就不会下来

33

被阳光抛弃的人
被黑夜拥抱
记忆直挺挺地藏于屋内
记忆只记忆年轻的日子

唯有年轻的日子才会被折磨得厉害

人已脚下生根

生了根的人双脚坚固

荒诞的故事往往在荒诞中诞生

存在的一天也可能并不存在

谁背走了谁的灵魂

谁的灵魂也会被背走

一个老人的痛苦

就是在拼命地把时间往回拽

34

生前所发生的事

在死后回忆

死去的人不会再死

活生生的人死后也不会再生

当然还有那已化为灰烬的感情

尽管你所热爱的一个影子

还时常会摇曳于你的梦中

一天总是接着另一天的结束开始

可一天的开始又不能证实另一天的结束

没有结束，也没有开始

有的只是不同人生的反反复复

写于2010年8—10月

第二卷

文

根子

　　多年以后，当一个低沉的声音从电话里传来："你还活着呐？"我惊得差点儿没背过气去。那是前几年的一天，老根子突然从美国回来了，在此之前我们已有十多年没见面，我只知道他出去了，去了美国。至于他在那里如何生活或生活得怎么样，我是一无所知。

　　他会不会死了？我曾这么想过。谁死他也死不了，我最终又这么觉得。果不出我所料，老根子依然健在且活得挺好，只是他的声音出现得意想不到，一个熟悉的声音消失了太久又冷不丁儿地冒出来，确实会使人一时难以相信而又吓了一跳。

　　我们见面，一边饮酒一边叙旧。

　　我说："你怎么都谢顶了？"

　　他回答我："要不谢顶那就不是我了。"

　　我问他诗还写不写。他说："写了一首，已写了好几年，还是那么几行。"我又问他歌还唱不唱。他说："咱们别再提这个。"他接着跟我说他这么多年与谁都没有联系过，随后便开始一一地问起我。

　　老根子真是我太老的朋友了。他大名岳重，与我和多多是初中时的同班同学。后来我们又一道去河北的白洋淀插队，同吃一锅饭，同住一间房。但他在白洋淀呆了没两年，他天生一副好嗓子，20世纪70年代初便被招进了中央乐团。在乐团他是当时最棒的男低音，可他照样每天喝他的酒，干他想干的事，从不以为然。他那时在我眼里整个就是这么一个人——身躯庞大而又极懒。

　　老根子人懒，这连他自己都不否认。在白洋淀插队时大伙儿一块儿过日子，他除了有时烧烧火，其他的活儿他不会干也什么都不想干。不过这一点也不影响他是个天才，他不仅是个天才的歌唱家，同时也是个天才的诗人。1972年老根子随手抛出了几首长诗，其中以《三月与末日》为最，立时震惊了"地下文坛"。当时有人称他为"诗霸"，老根子仍旧不以为然。

再往远了说，老根子在中学时代便是我们班文学最好的一个，他那时写的一篇作文就被登在了前苏联的一本杂志上。这在那会儿可算了不得。更了不得的是他还通读过当时的——原版禁书《金瓶梅》，那时他也不过才十五六岁。

老根子又回来了。这已是他第三次从美国回到北京。之前那次，他回来告诉我他去了趟荷兰并见到了多多。我问他多多怎么样，他说别提了，老多多让他三晚上没睡觉。原来是多多可见到老朋友和想说话的人了，他便不分昼夜地逮住老根子一通猛聊。我又问他那个西班牙女郎怎样（他带那个女人来过北京），1996年我去美国时也见到他和她在一起，老根子告诉我他们已经吹了。他说吹了挺好，不吹反倒不正常。而后，我又老话重提，问他写了什么没有，这回他很认真地告诉我他正在写一部小说。我问他写了多少，他说已有十多万字。我问：快写完了吗？他说不，暂时还收不住。我说能看到你写的东西真是太难了，太费劲儿！他回答说干什么不费劲儿?!

那天晚上我们是在酒吧见的面。后来又来了作家阿城。老阿城看看我们，夸我们俩老了才真精神。这使我不由得直仔细瞅老岳重。他——民族英雄岳飞的后代，家谱中记载为三十三代传人。他没有从过军，更没有指挥过千军万马，但他却是我们这一代人中，最早熟的一个能统率汉字的天才诗人。

北岛

两眼直视，眼珠子微凸，就像两颗石头子儿随时都可能弹射出去，这就是大诗人北岛（原名赵振开）留给我的最初印象。

那是1972年，听说他写诗，经刘羽介绍，我们相识。当初的诗人北岛（应该称呼他振开。北岛这名和我的名字芒克一样都是1978年我和他共创《今天》文学杂志时，我们互相给对方取的）。他的主要诗作是一首《金色的小号》。全诗我已记不太清了，只记得一句大概是"让我们从同一起跑线上一起奔跑"。

按多多当时的话说（他那时狂得没边儿）："这诗臭得怎么像赵振开写的！"可见北岛早期的诗并不被这帮狂小子认可。

后来北岛带着他最早的女友史保嘉去白洋淀找我。再后来我常回北京，与他交往密切。我发觉他不但是个极够朋友的人，而且人也真诚，绝对值得信任。

1978年对于我们来说是一个不平常的年头儿，赵振开托人油印了自己的第一本诗集《陌生的海滩》。我看后转变了当初对他诗作的印象，也佩服他真的把写诗当回事并敢于去冒险。我说这话是因在那年月私印这类东西是有可能被抓入狱的。可以说北岛是我知道的给自己印诗集的第一人。

之后不久，我经他介绍认识了赵一凡。不想从赵一凡那里我意外地得到了不少我自己都没有保留的早期诗作。这都是一凡从传抄中得来的。北岛看后主张我也油印一本诗集，经他的搜集和整理，经高洁帮助刻好蜡纸，再加上黄锐帮忙，我们仨人一起印刷，我的第一本诗集《心事》

算是问世了。

从这以后，我们更加野心勃勃。我们开始筹办杂志，并于1978年10月成立了《今天》文学杂志编辑部。到当年12月23日，第一期总算印刷完成，当天我和北岛、陆焕兴就把《今天》在北京城张贴得到处都是。

《今天》一共出版了九期，到1980年停刊。对于20世纪80年代名声大噪的所谓"朦胧诗"的诗人们来讲，他们的源头便是《今天》。而创办《今天》杂志，北岛功不可没。他也理所当然地成了"朦胧诗"的领袖人物。

此后，北岛曾到《新观察》杂志社工作了一段时间，后又转到外文局的一家杂志社。他进入中国作家协会，是在1985年。他是哪年去的国外我忘了。那时我们来往已不多。

我再和他见面时已几年过去，并且远在法国巴黎。当时我们都是应法国文化部邀请去的中国作家代表团的成员。当年年底，我们又约好从国外返回了国内。我们回来的目的是为了纪念《今天》创刊10周年。

实话实说，多少年过去了，尽管我和北岛现如今很难见上一面，也不再像当初一样亲如手足。但我们不论在哪里，只要遇到，彼此仍旧还很亲热，仍旧还互相关心。的确，我们俩自从认识到现在，还真的没有红过脸。

《今天》创刊20周年的纪念活动是在日本搞的。《今天》最初的创办北岛、黄锐和我都参加了。这次活动令我感动的是北岛在演讲中的一句话，他说他当年如果没有与我认识就没有他后来的诗。这倒让我很不好意思。

北岛有一外号叫"老木头"。其实他这人太智慧了，一点儿都不木。他不仅勤奋，而且应该说是刻苦，他的语言功底也非常深厚。众所周知，北岛是我们这一代最有影响和最优秀的诗人之一。他的人格也极具魅力。

阿城

　　如果论说，我还从没有见过有谁的那张嘴能超过阿城的。阿城的那张嘴真可谓无所不知，无所不会。不信你问，就没他说不出来的。

　　我初识阿城的那会儿他还只是个画家。他给《今天》杂志画过插图，也参加过历届"星星画展"。那时他总戴着一副深度大眼镜，瘦得活像一只大螳螂。可当十多年后我在美国洛杉矶见到他，他简直完全变了样。那张瘦脸竟变成了胖脸，圆鼓鼓的好似气儿吹的。

　　在洛杉矶，有次他请我吃日本料理，同时还请了另外几个朋友和女士。他也不管在场的几位女士，只管说："你瞧我胖了吧？你再瞧这些女人的奶子。美国这地方就是养人。看把她们吃的！个个奶头都立直了，像朝天椒似的。"他说完无事人一样照吃不误。而那几位女士却吃与不吃都不自在，脸红得都不知道该往哪去搁。

　　1984还是1985年我记不清了。我因办《今天》杂志被工厂开除后悲惨到了家。后来总算经我妈托人找到一家医院看大门，一天给一块钱，干了将近两年。阿城见到我如此境况，便把我拉去和他一块儿办公司。公司名为"东方造型艺术中心"。成员只有仨人，那就是阿城和我，还有栗宪庭。

　　我们干的头一件事是阿城让我到贵阳去。我接来了四位画家：伊光中、田世信、王平、刘埔，还有他们的作品。我们在北海公园给他们办了个"四人作品展"。不想没两天便莫名其妙地被有关部门给查封了。

　　第二件事是阿城让我跟着他跑到河北省的一个土县城（县名我忘了）。他说要在那里办一个窑厂什么的，烧些艺术陶瓷。在县城接待我们的是那里的几个头头，事儿还没谈呢便先开吃开喝。阿城当时的酒量大得惊人，他把一整瓶老白干全倒进一个大缸子里，菜没吃一口酒已喝完了。那帮"地头蛇"被阿城这个活像泡在酒里的大人参给吓着了，个个眼珠子睁得溜圆。我心想他们一定在想：这家伙是人吗?! 反正这事也没谈成。

有一段时间我经常留住在阿城家。我记不住那是在办公司前还是在办公司后了，只记得他那时正在写小说《棋王》，天气也比较凉。他住的那间平房紧挨着马路，就在德胜门内大街上。我们经常天没亮就被无数只羊蹄子敲打马路的嗒嗒声弄醒。我开始不知咋回事就问阿城，他慢条斯理地对我讲："这是从塞外赶来的羊，专供北京人吃的，正直奔屠宰场。也只有这段时间才放这些羊进城，不影响交通。你瞧瞧人有多坏，要吃人家吧，还让人家大老远的自个儿把肉给背来！"他说完又睡，这就是阿城。

我听阿城讲的逗事实在太多了。他语言巧妙又极富幽默，所以当他的小说《棋王》刚一问世便引起了轰动。他理所当然地就成了一位大作家。

我欣赏阿城，一是他的人品，再有就是他的学问。他才是一位语言功夫真正到家的人。

食指

　　我不习惯叫他这个笔名，只因叫惯了他的原名郭路生。又因他比我年长两岁，有时便称呼他老郭。在与他相识的朋友中，没人不知道老郭患有精神病。但我却从来没有把他当过病人，他也从来没有在我的面前犯过病。

　　我和他第一次见面想不起是在哪年了。印象较早和较深的一次是他正在一家单位给人扫院子，那会儿他还没有进福利院。

　　可我听说他的大名要早得多，估摸是在我去插队后的头两年。多多曾在一篇文章中提到郭路生是我们这一代开始写新诗的第一人，我也认为一点没错。

　　但真实地讲，等我看到老郭的诗作如《烟》、《酒》、《相信未来》和《鱼群三部曲》等他早期的名篇已是在1973年了。所以根本不是有些人所说的那么回事，我们这些人最初开始写诗都是因为受了他的影响。

　　坦率地说，我和老郭的诗完全不一路，也不是一路子人，但我们却是好朋友。他这人对诗和对人都很真诚，我听他对我说的最多的话就是：你可不能不去写啊。

　　从《今天》文学杂志创办第一期开始，我们就几乎每期都发表他的诗。他也是从那个时候开始有了自己的笔名，直至现在仍叫食指。

　　也是由于《今天》的原因和我们同是写诗的人，我们在以后的日子便时常接触。但不想没几年他再次犯病进了精神病院，又转到福利院，我们的交往就少多了。

　　他刚进精神病院的时候我去看望过他。他到了福利院后我也去过。

后来他有时能被从福利院接出来与朋友一聚。我们难得见面免不了要吃喝一顿。

老郭的酒量不算小。他的饭量那叫惊人。前不久北岛从美国回来请老郭和我们几位朋友吃顿涮羊肉，只见老郭甩开腮帮子一通猛吃，不一会儿几盘羊肉就下了肚。我们都以为他肯定吃饱了，不想他却不好意思地看看大家说："我还行，能不能再来几盘？"

这有什么不能的！我说你就照死了吃吧！反正都是老北岛掏钱，他还能不管你个够?!

老郭又吃上了。他边吃还边讲着在福利院如何如何。他说在福利院给表现最好的病人最高的奖励是加半个馒头，谁要是能吃上这半个馒头甭提有多乐了！

我们真觉得老郭够惨的。我们也都希望他能常从福利院出来。起码改善顿伙食。可老郭似乎不以为然，他总说没什么，他在那里已经住惯了。

我真是没见过有谁比郭路生更酷爱诗歌的了。他对诗的痴迷近乎到了他好像就是为诗而生的。我想我还没有遇到任何一个诗人，能够像老郭一样一字不漏地背诵自己全部的诗作。可见他对创作认真到了什么程度！他的记忆力也实在是太惊人了。

老郭至今仍在写作，他每年都会写出几首新诗并找空儿朗诵给朋友们听。我对他的诗独特的风格和韵律已十分熟悉，我一听就知这诗必是食指写的。

而我和他相比对诗的创作就太不当回事了。我20世纪90年代一首诗没写。这使老郭大为不满和不解。他一见我就嚷嚷："你可不能不写啊。干嘛不写呀？"看着他真切的眼神我还能说什么？

他——食指，一个如此一生为诗献身的人，诗可千万不能对不起他啊！

杨炼

　　杨炼的那头长发跟着他的那双闪闪发亮的小眼睛满世界地飘，估摸至少有十二三年了。我这么说一点儿都不夸张，杨炼哪儿没去过？

　　他现定居在伦敦，几年前就在那里买了房。说不准啥时候他便溜回北京一趟，每次到京见不见面都要给我打个电话。

　　最近一次他回来约我一同吃顿晚饭，他说他明天就走，要去台湾。我因有事无法脱身，只好跟他说下次再见。

　　我和他见面的次数已不计其数。但头一回见面总该说说。那是在1979年。当时在北海公园的"画舫斋"正办"星星画展"，有人把杨炼介绍给我们，说他写诗，是广播文工团的，在那里专写歌词。那时杨炼的模样儿跟后来完全两样，他没留长发，也一点儿都不显得狂。

　　这以后，杨炼的诗开始在我们办的《今天》杂志上发表，他的诗名也随着他的名声变得越来越大。如今提起"朦胧诗"谁人不知杨炼是谁？他确实是其中一位重要而有影响的诗人。

　　我和他交往最密切的日子是在他和他老婆友友居住在劲松小区的那段时间。因我也住劲松，所以我们时不时总要聚在一起吃饭喝酒。再加上那时也住在劲松的唐晓渡，我们三个人都爱喝，酒量也差不多，正好喝在一起了。

　　就这样在1987年我们喝出个想法，搞个诗人俱乐部。"幸存者诗人俱乐部"随之便诞生了，其成员有三十多个，全是在京的。同时我们还办了一本同名的诗刊，第一期就由杨炼和唐晓渡选编。

　　不久我出国到巴黎，回来已是1988年底。杨炼是什么时候去的新西兰我记不太清了，只记得我们再一次相见是在1993年的"柏林艺术节"。

在柏林期间这几个已各奔东西的朋友终于聚在了一起，有多多、北岛、顾城、杨炼和我。其中有一件有趣的事我总忍不住想说。这事是发生在杨炼和多多之间的，他们两个人全都亲口对我讲过。

多年前多多交了个女朋友，是个美国姑娘，这姑娘人长得挺漂亮，我认识。有一次北岛邀一大群朋友去郊游，多多便带上这位女友同去，当然也有杨炼和友友。他们同坐在一辆大轿车上，途中，杨炼和这位美国姑娘逗着玩，有点儿过火，他竟把一瓶红葡萄酒全都浇在她的头上。多多一见立马急了，他二话不说出手便跟杨炼开打，从车上他们一直打到车下。据多多讲，众人都在拉偏手，他只觉得眼前有无数只杨炼的拳头在舞动，他被打蒙了。而杨炼则说多多根本就不是他的对手，若不是大家拉着他，那多多肯定吃亏大了！

转眼这事已过去多年，他们俩又在柏林相见。那天我们许多朋友在一起聚餐，席间还坐着一位德国女人。听说这女人和杨炼关系不错，这下可使多多找到报复机会了。又恰巧那女人那天酒喝大了，她被多多抱进怀里又是亲来又是摸。气得杨炼只能在一旁装作若无其事的样子。因为人家德国女人乐意，不在乎，你杨炼又怎么好当着众哥们儿的面去跟多多急？

事后杨炼开车送我回去，我才知杨炼跟那德国娘们儿什么事情都没有。只是他觉得老多多太气人了，他是在故意气他，但也无奈。杨炼只好把车开得发疯，车和他的长发全在飘动，就这样他算是把气撒了。

后来我又在西班牙与杨炼遇到过，那次我们在一起特别开心。他很想借一部汽车开着同我到西班牙南方去，可惜没有成行。我们只得在巴塞罗那街头闲逛，由居住在那里的画家林墨陪着，欣赏风土人情。

至今杨炼仍在写诗，没准儿什么地方什么时候又会出现他的身影。他这人似乎也从不知疲惫，这就如同他的诗一样，永无止境而又极富激情。

唐晓渡

当把一件事交给唐晓渡去办，比如编选一部诗选或出版一本诗集，又比如托他写一篇文章什么的，我是最放心、最踏实的了，因为他总能做得令人十分满意，而且干得漂亮。

唐晓渡是个极其认真和负责任的人，他人也大度，就是那种"肚里能撑船"的人。所以我常常喜欢叫他"肚子"，以示尊重和友情。

算来我们认识和交往已有二十多年了。他那时在《诗刊》社工作，是一名编辑。当然他现在也还是编辑，只不过换到了作家出版社。

谁也不会想到我们的友谊是从酒开始的。听他说他的婚姻也是如此。他当时在南京大学和崔卫平就是因为喝酒不分高低，才喝成了夫妻。尽管如今他们已经分离。

唐晓渡好酒，并且能喝，这在朋友中是尽人皆知的。但他绝不是酒鬼，也从不会因酒而闹事。除了喝得烂醉如泥，他总会尽量地保持他的学者风度，以示他有着良好的教养，当然也确实如此。

记得我们头一次一起喝酒是在我家里，那天还有杨炼和跟他形影不离的老婆友友。唐晓渡自称"饮者"，号称酒量之大在江南文坛数第一。到了北京也是无人能敌。我和杨炼看他那副脸相儿死活不信，便拿出家中全部的酒来仁人开喝。不想他果然一个好酒量，随你怎么喝就怎么喝。到后来要不是友友偷偷给杨炼和我的杯子里掺了水（这是事后才知道的），我想我们俩人一定早于他醉得不省人事。

不过那天的结果是，只见唐晓渡的脖子突然一歪闭上了眼睛，接着他面带笑容开始小吐。而杨炼则哈哈大笑开心不已，笑着笑着随后便大口大口地狂吐，这下可把友友忙坏了，她一盆一盆地清扫，直到清晨。

从那以后我和唐晓渡的交往就没间断。我们除了时常在一起喝酒，还共同创办过《幸存者》和《现代汉诗》等诗刊。他在办这些刊物时都是负责编选的主要人物。他品位极高，眼光独到。尽管他也会招来一些人的不满和非议，但毕竟还是以自己的人品和才学博得了诗坛许多人的尊重与信任。

我和他一直保持着非常友好的关系。我们两人曾一同赴美国，从东部到西部，参加各大学的各种文学活动，会见各种各样的人。在国内，我们一同下过江南，去过四川，到过东北等地。我们与各地的哥们儿和朋友们曾一同豪饮，一同游玩，开心至极。说实在的，唐晓渡应是与我共同走过路最长和到过地方最多的人。我们彼此应该说是太了解了。

他的为人的确没说的。他写过大量有关诗学的文章，也写过诗。他是有自己的理论、有自己独立见解的一个人。而且他这人对朋友也极为宽容，我就从没见过他跟谁斤斤计较过。

想起有一次在杭州我酒喝得太多了，唐晓渡扶我回宾馆，我眼里已不认人了。他竟被我挥拳打伤了一只眼，打得眼眶发黑像熊猫似的。等第二天我酒醒问他这是怎么回事，他说："那要问你！这是你打的，你难道不知道吗？"我发誓我不知道，死也不承认我打了他。我说我怎么会打你呢？咱俩这么好！

后来杭州的哥们儿金耕找来一副墨镜让他戴上。否则他那副尊容实在无法出门，又怎么去见人见朋友？就这样在杭州的那些天他不论白天和晚上都戴着副墨镜，外人看着都觉得好奇，肯定猜他如不是在逃犯便是杀手什么的，要不他就是有病！而唐晓渡呢，他则依然谈笑风生和高谈阔论，他倒是一副没啥事的样子，对谁都不怨恨。

林莽

　　从白洋淀走出来的诗人中（我指的是20世纪70年代初曾在那里插过队的那拨人），林莽算是我最晚见到和结识的。尽管如此我和他的交往至今也有二十多年了。

　　二十多年前我知道他和江河（于友泽）曾是同学，他们同在北京四十一中学。当《今天》杂志创办之后，我们开始看到他的诗在杂志上发表。他也曾参加过短命的"今天文学研究会"，是三十多个会员之一。再以后他和我们一同办《幸存者》，并组织和参加了1989年4月在中戏礼堂举办的那次盛大的"幸存者诗歌朗诵会"。接着，在20世纪90年代初，他又参与了创办《现代汉诗》。可以说，在当年的诗歌活动中处处都有林莽的踪影。

　　但他绝不是一个爱出风头的人。他这人不论写诗、做事和做人，都实实在在，在朋友们当中林莽始终很受大家的敬重。他年长一些，出生于1949年。他的确颇有个老大哥的样子。

　　当后来大家都各奔东西，都在为自己的名利和前程奔忙的时候，林莽却依然脚踏实地地在为诗和诗人们做事。其一，他作为《诗探索》杂志的编委大力去介绍诗人食指，使这位"新诗第一人"不再被埋没而让更多的人知道和认识。在有关诗人食指的所有文章中，我看惟有林莽写得最生动、最感人。至于那本精美的诗集《食指卷》的出版，也主要是他付出的心血。其二，是那本《知青诗选》，林莽也参与了编选。他还在《诗探索》上选发了许多回顾有关当年知青在白洋淀的文章，探讨"白洋淀诗歌群落"的历史成因，以及人和事等等，这些林莽都起了至关

重要的作用。

回想那年，我还清楚地记得：由《诗探索》编辑部组织的我们一同重返白洋淀的情景。那次去的目的就是寻访和再现当年的"白洋淀诗歌群落"，同行的人大都是诗人和诗评家什么的，年岁最大的是牛汉老爷子。

我和林莽一同回白洋淀已不止一次了。我们对那里都比较熟悉，都知白洋淀方圆百里，河道纵横交错，大小湖泊有一百多个。我们一群人一路坐船穿过一片片的芦苇荡，途经几个坐落在湖中的村庄，最后到达我和多多、根子等人曾经落户过的村子。那是个渔村，村名叫大淀头。当我们的船刚一靠岸，便迎来不少的村民和成群的孩子，这些村民没我不熟的，他们都是我插队时结交的好友。如今他们在这里都已成了长辈，儿女也长大了，有的甚至还抱上孙子当上了爷爷。

人虽变化很大，但人的个性还依然如故。他们早已准备好了丰盛的酒席，喜气洋洋地把我们迎接到张旭的家里。张旭是村里的医生。他家的大院儿紧靠着湖边。等大家坐定，村长先开口讲话，他一是说咱们都是哥们儿弟兄，二便是让大家开吃开喝。接下来我们就无休止地碰杯痛饮，好个热闹！直到一个个都喝趴下。

可以看出林莽在此时此景心情是很愉快的，他对白洋淀这片乡土确实怀有非常深厚的感情。他面对一个个已喝得面红耳赤的村里粗汉应付自如，谁喝多少他就喝多少，谁倒了他也不倒。林莽酒量之好我是太知道了，我与他饮酒无数次，我就从没见他酒后失态过。更没听见他喝多了胡说八道。他真可谓是个真正的正人君子。他的学识和修养都是极好的。

严力

严力写诗比他画画早，并且我认为他的诗也比他的画好。

他十几岁就从上海来到北京，和我住在同一个大院。我们那时几乎每天混在一起，大家都爱管他叫"小上海"。

"小上海"严力长得很帅，他的穿着也总是与众不同。细细的裤腿或喇叭裤，尖尖的皮鞋，有时还穿女式的。在那年月敢这么穿的真是不多见，若没点儿反叛精神或者爱谁爱谁了，谁敢就这么着在街上走?!

但严力的自我感觉一向良好。他似乎根本不在乎街上人们的斜眼，也不在意那些朝他投来的恶意眼神。他照样神气活现地走他自己的路，心里和脸上都美滋滋的。

20世纪70年代我们这伙人也不知图什么，都爱写诗而且差不多到了疯狂的地步。严力也跟着写，并还时常拿给我看看。我们那时常在一起混的除了我和严力，还有一大串名字。如多多、马佳、彭刚、吴川、根子、北岛，外加鲁燕生和鲁双芹兄妹。

20世纪70年代严力写了不少诗，写出不少怪异的诗句。他的诗就如同他的人一样，既反叛又爱谁爱谁了。不过，也真是邪门儿，就他这么一个在当时不为年长者们所待见的小青年却特别招我爸的喜欢。我爸是什么人?! 是我的朋友人见人怕的一个老正统。他对我从来就看不惯，我就纳闷他怎么就会看着严力顺眼呢?

后来我才明白点儿，原来严力这小子会干活。别看他外表那副打扮，可他当过钳工，心灵手巧干活麻利着呢!

有那么两年，我跟他断了来往。他开始画起画了。直到我和北岛办起《今天》杂志，星星画会搞起"星星画展"，我们才又重新碰面。

我至今难忘的一件事是在1981年，他和马德升两人帮我制作诗集《旧梦》。说是制作真的一点儿没错，因为全是我们三个人手工做出来的。那是在严力家里。诗集中有不少幅马德升的木刻插图，需要我们一张一张地印。我们三个人那叫玩命地干呀！想想好几百本诗集，好几千张插图啊！我们累得脸都绿了。满身满手的尽是油墨。我们人不像人鬼不像鬼地整整干了一天一夜。等完后我再看他和马德升的眼珠子，个个发红，恨不得要把谁吃了似的。

匆匆岁月，人也匆匆。过了四十岁才结婚的严力，如今已是两个可爱女儿的父亲。他人变了许多，鬓上也有了白发。不过他尽管去美国一下就呆了十几年，但他仍旧还在写诗，还在画画。前不久他从杭州给我打来电话告诉我他又有一本新书出版。最近我又听说他在美国纽约办了个画展。好个严力！真是不易。虽说想想他也是快五十岁的人了，可我却始终不会相信，难道严力也会老吗?!

艾丹

　　艾丹算是我结交年头最长并且至今还保持密切来往的朋友之一。我初次见到他是在20世纪70年代中期，他那时刚随父母从新疆迁回北京，住在东城史家胡同。

　　一天振开（北岛）拉我去拜见一位诗人，他就是艾丹的父亲大诗人艾青。我们在艾青家的院门口碰见了一个虎头虎脑的家伙，振开介绍给我说他叫艾丹丹，是艾青的小儿子，他也写诗。我那时只是客气地跟眼前的这位毛头中学生点了点头，没说什么。不想多年以后这家伙发生了巨变，站在我面前的艾丹已俨然成了一位大汉。他诗不写了，改写小说。他也不再露有年少时的那种腼腆，让我不敢小看。

　　在北京我们众多朋友的这个圈子里，艾丹一直是个极受大家欢迎和喜爱的人。他为人宽厚，随和，绝不伪善。而且也十分慷慨。我和他有过不少次随意的交谈，我发觉他真是个活得太明白的人了。也许正因为如此，他才会从不在乎别人对他怎么去看。这就如同他对待他的作品一样，他写他的书，别人爱怎么看就怎么看。他对谈他的作品没什么兴趣，对任何议论也不屑一顾。我就从来没听说过艾丹称自己是个作家什么的。他也绝不像有些写作的人总是很把自己当回事，总是那么高看自己写出的那点儿东西。

　　艾丹活得明白，活得放松。我认为这源于他天生的聪明和悟性。当然他有时也会显露出一副天真的傻样儿，那都是在酒后和朋友们一起欢乐的时候。若论喝酒，艾丹才算真正的海量和高手。他的酒量之好无人不知，谁能把他喝倒？反正我没见过。你可以满北京去找。多少次了，多少个朋友在一起喝酒喝得人仰马翻，可惟有艾丹依旧无事地端坐在那里。他心里一定纳闷，怎么这些人个个都是没出息的东西。他开始兴奋地手舞足蹈，如果他喝高兴了的话，他最拿手的舞姿便是扭动他庞大的身躯乱蹦"四小天鹅"。他有时也爱自嘲，如有一次他就冲着大家嚷嚷，"你们看，我像不像一只站着的猪？"并且他还摆出一副猪站直了的姿势。

艾丹好玩儿。艾丹好酒。他几乎每晚都在酒中度过，如若找他，他肯定不是在酒吧就在餐馆。而且他身旁老有一大堆的男男女女，这些人干什么的都有。

可就是这样，他在这几年仍然还是写出了几本书并且出版。我真猜不透这书他是怎么写的？他用什么时间又在什么时候去写？

他的小说和他自称为作文什么的我几乎都看过。不管别人如何评说，反正我是很喜欢读的。这或许是我对他使用的语言熟悉而倍感亲切的缘故，或许也是我对他有着比较多的了解。

艾丹活得明白，活得透彻。他的那双眼睛看人是一看一个准儿。这就像他看古董一样从没看走过眼，什么真假好坏他一目了然。也许正因为他太明白了他便会更觉孤独，不止一次他酒后对我说过，"我是孤独的，我也很寂寞"，"我是个没人管的人，没有人管我"。

没人管的艾丹常常在深夜独自离去，没人知道也无人去问他将要到哪里，他摇晃着他的那颗大脑袋如同一个被废黜的王侯。看他远去的背影才会明白：一个什么都明白的人，是如何高傲与孤独！

默默

　　上海的诗人我认识不少，默默是我最熟悉也是我最喜欢的一个。他十几岁时开始写诗，并因此还被抓起来过，可见他在这一行出道很早。

　　20世纪90年代初我和几位朋友去黄山，后到杭州约上海的诗人来杭会上一面。那一天我同时结识了不少南方的诗人，有杭州的余刚、梁晓明和金耕等，还有从上海赶来的默默、张亮、刘漫流、冰释之、阿钟和孟浪。也许是我们那次聚会人多十分引人注目，引得当地的警方也对我们死盯住不放。无奈我们只好散伙儿离开杭州，我随着上海的这帮诗人又到了上海。

　　不想在上海的情景也好不到哪儿去，我们不论到何处总会有什么人跟着。没呆几天我只得打道回府，回到北京。但此次南行我还是很有收获和极为开心的。通过这次与上海诗人的接触，我和他们都成了好朋友。并且我们还为后来一同创办《现代汉诗》做好了相互了解和信任的准备。

　　接着不久，默默和孟浪等人来到北京，再加上杭州的金耕和北京的唐晓渡几个人，我们在我家具体地商量了创办《现代汉诗》一事。《现代汉诗》的编委由全国各地的诗人组成，多达三十几个，但主要编选工作则由上海、北京和杭州的诗人负责。

　　《现代汉诗》很快问世。我和默默的交往也更加密切。我后来又几次到上海，每次都住在他的家。他那时有个女友，还没结婚。他是家中的老大，还有两个弟弟。再加上他的父母一大家子人，家里显得很拥挤。

　　我记得他家的位置离黄道婆的墓不远。有一次我们几个朋友喝多了酒，大半夜地跑到了黄道婆墓。在那里维护治安的人猛见墓地中探出几个醉醺醺的脑袋，还以为真他妈的见到了鬼，吓得他们转身拔腿就朝远了跑。

我们还一同去过宝山到过吴淞口。我们从吴淞口上船直奔长兴岛。我们一群人在岛上喝掉十几坛子黄酒，喝得默默心跳过速直捂胸口。

后来他结婚了，我和唐晓渡等人又专程赶到上海参加他的婚礼。上海人的婚宴我还是头一回参加，他的亲朋好友来了上百人聚集在一家大饭店。那一天去的好友全都喝得大醉，有的一头撞碎了大厅里的大镜子，有的狂呼乱叫，还有的栽倒在地上磕得头破血流。而唐晓渡喝得更是不省人事，他四仰八叉地占据了默默的婚床，并把床上吐满了污物。而默默则怪了，竟然没有醉倒，等宴席散后他拉着已晕头转向的我满上海地转悠。我们不是去看什么大上海的夜景，我们的目的其实就是为了能吃上一碗面条。

默默人大气。他不同于一般的上海人，尽管他比他们或许更是个上海人，也更地道。默默也极仗义和极富情感，当他对我讲起阿大被淹死的事，他那份儿伤心！阿大是个画家，是跟他从小在一起长大的好朋友，只因不习水性竟被溺死在一个水坑里。"我要是在他旁边就好了，他就不会出事。当时就没人能拉他一把！"默默就这么念叨着跟我走了一路。那是在2001年我们一起去同里和周庄的路上。

默默写诗也写小说。他的诗和小说都很精彩，话语也让我看着舒服。可从他口中说出的上海话我是一听就糊涂。他对我讲普通话，我才发觉他有点儿大舌头。就是这个大舌头，几年前也下海做起了房地产生意。听说他的生意做得还不错，人也胖了许多。另外还听说他把婚离了。他又有个新的女友我曾见过。

谁知哪一天还会见到默默？我时常会想念他，想到和上海的朋友们在一起的那些日子。没料想这一天来得挺快，今年的春节我突然被几个朋友拉到了上海。老友重逢当然十分高兴！默默为此还专门为我搞了一场我的诗朗诵会。那天在上海的和从杭州赶来的诗人不少。默默主持，他讲诉了我们的过去和友情，使会场的气氛极为愉快和轻松。我觉得作为一个诗人默默无疑是个佼佼者，作为一个朋友也实属难得。

西川

　　20世纪80年代中后期我熟悉的从北大出来的诗人只有四个，他们是西川、海子、臧棣和骆一禾。这四人中现在惟有西川和臧棣还活着，还在写作。而海子和骆一禾，众所周知，一个卧轨自杀于山海关一带，一个死于心脏病发作。

　　我记不清头一次与西川见面是在什么时候什么场合了。我看过西川写过一篇关于海子死因的文章，里面提到海子在死前不久，曾遭到一些诗人对他的诗作严厉的批评和否认。这对海子的打击很大，以致造成海子自杀的原因之一。我想不起那一天西川是否在场。当时的聚会是在我家里，来者挺多。如我没记错，在场讨论海子诗的人有多多、杨炼、唐晓渡和海子等十几个人，这些人那时正在一起办诗刊《幸存者》。《幸存者》每星期组织一次作品讨论会，每一次都在不同人的家里，谈不同诗人的近期诗作。那一次正好轮到海子了，也正好选择了在寒舍。

　　海子留给我最初的印象并不深刻，我只觉得他长得瘦小而又略显胆怯。当然，他最后用自杀证明自己连死都不怕，这也是我当初料想不到的。

　　那天话说得最多的人是多多。他就是这么个人，能言善辩滔滔不绝。要不我也不会死活记不住那次在场的究竟还有谁，我的记忆全让老多多的那张嘴脸给封堵住了。

　　其实谁也没否认过海子的诗作，大家都认可海子写诗很有天赋。多多言辞激烈只是针对海子写长诗的不足之处，我们都觉得他所讲的没什么不能接受的。诗人之间因诗发生争论太正常不过了。当然你也可以只去写你的，让他说他的。我还以为海子对此满不在乎呢，因为那天他几乎一声不吭一句话也没反驳。

我真想不起西川那天来没来。我倒是记住了有一次他在我家喝得大醉。凡是熟知他的朋友没人不知西川不好酒，每次聚会吃喝他都滴酒不沾。那次真算是例外了，不知他是怎么了，他一连喝了三杯二锅头（他说他记忆中是三杯啤酒），反正结果一样，他满头乱发地躺在了我家的地上，呼呼大睡就是一宿。

到了20世纪90年代，西川诗名越来越大，他出版了几本诗集，全都送给过我。他的诗从一起步就显得成熟并且智慧，这就足能证明他后来的诗名和影响绝不是白来的。他阅读过大量的书籍，称得上知识丰富。他有着极好的语言天赋，这你一看他的诗便知。但他留给我的印象总是那么平和、谦逊。他与多多截然不同，他们完全是两种不同性格和不同脾气的人。

两年前我和西川等人曾一道去了趟白洋淀，那是为了拍一部有关我们的片子。同去的还有荷兰的柯雷和两位荷兰的电影界人士。在白洋淀他被那里村民的豪情和好客所感动，他再次破例喝了几杯酒。不过这次他没有醉倒，而是一夜没睡。他感慨万千情绪激昂地讲了许多他的观念和道理。我发觉西川其实也是个非常有个性的人。他也极善言辞，极能雄辩。

欧阳江河

在与欧阳江河没有见到之前，我只听说过他长着一张平庸的脸。当然这并不是说他人也平庸。他的诗我曾读过，很有才气，很见学识，也充满哲理。

忽一日，与我从没见过面的他从成都给我打来电话，他说他有一位名叫马利亚的女友从美国到了北京，希望我能帮他先接待一下。我不明白他为何要让我帮他接待她，他在北京又不是没别的朋友，可我又不好推托，就在家中等着。果然不久马利亚来了，我问她这是怎么回事，她倒回答得干脆，她说江河认为你是值得信赖的老大哥。弄得我顿时无话。

后江河很快从成都赶到了北京。他也没来我家，而是一个电话把马利亚约到不知哪里去了，等后来听说他们的事，是他俩已经结婚并一同去了美国。

他们在美国呆了几年。在美国的家我和唐晓渡等人曾于1996年去过。那是在华盛顿的一条街上。他们住的只有一间房。那时欧阳江河没工作，只有马利亚每天去上班。那晚我们好几个男人都留住在他们家里，女的只有马利亚一个。欧阳江河给我们搭好地铺让我们睡成一排，马利亚则被挤在门口，就这么过了一宿。

从美国一见之后，我再见到欧阳江河是在四川成都。那次我也是和唐晓渡一同去的，说是开什么会，其实就是玩儿。我们被欧阳江河安排在何多苓和翟永明夫妻家里住。这两口子当时好得让许多朋友羡慕，如今听说也已离了婚。

最令我难忘的那次四川之行是我们一起去了趟卧龙。那是大熊猫自然保护区，离成都不是很远。同行的除了我和唐晓渡，有欧阳江河、何多苓和翟永明两口子，还有从上海来的诗人陈东东和成都的女诗人唐丹红。我们一块儿挤在由何多苓驾驶的他的那辆大三菱吉普里，一路玩玩停停，很是高兴。我们穿山涧，过溪水，到达过一座能见到积雪的山顶。我们晚宿卧龙，吃在卧龙，我们在卧龙一夜痛饮。那夜我们还听何多苓讲了许多黄色笑话，他讲笑话用语简练，面无表情，真叫一绝。我们个个听得眼泪全都笑出来了，实在开心。欧阳江河见此情景也想露一手，可不论他讲什么，嗓门再大，我们听了全都不笑，根本就笑不起来。倒是他自己把自己逗得挺乐，还笑得前仰后合的，令我们真是大惑不解。

　　如今，欧阳江河和马利亚已居住在北京。他们在北京买了房，还生下一个女儿。前不久他约我到他们家附近一家酒楼同几位朋友一起吃晚饭，从他口中知道他最近两年一直忙着组织国外的文艺团体和歌星什么的来国内演出。他还说他也挣着钱了，他把他挣的钱大部分都花在了买唱片和高档音响上面，因为他太喜欢听音乐了，似乎没有音乐他就无法创作也没法活。也许音乐真的能激励他的创作，所以他至今也没停止过写作。他这些年出版过几本诗集，我差不多都看过。我想欧阳江河心里也一定深知诗对于他是何等的重要，如果没有他的诗哪来的欧阳江河！

狗子

　　狗子的大名叫贾新栩。他的这个大名我就从没听到有谁叫过，倒是狗子这个名字知道的人不少，在朋友中间响当当的。

　　几年前我见到他时，他带着他漂亮的女朋友。他还曾递给我一张名片，我没细看，想不起他在那时在哪儿是干什么的。我心说他能干什么？他可能是个干什么的人吗？他爱干什么就干什么吧，我一向对谁是干什么的漠不关心。

　　其实狗子那时就已经在写作了，只是他不说，他也没拿来给我看过。他这人不太爱说自己的事，更不爱讲自己是干什么的。他不说，这或许就对了。他如果那时就跟我讲他是干什么干什么的，我肯定会想他能写出啥东西，他写出的东西会是啥样儿？

　　几年后我再见到狗子他还是没说。他只说他和他的那个女朋友吹了，真的吹了。这个话题说到这儿再说就没意思了，我们就改聊别的。

　　想不到狗子竟是和我从一个大院里出来的，我们都曾经住在国家计委大院，而且我们还算是校友，曾毕业于同一所小学。只是他比我小十几岁，我毕业时他还没出生呢，他实属小字辈。

　　现在我已记不清和狗子见面多少回了。他的那张脸我想忘都忘不了。我们每次见到全是在饭桌酒局，反正是没离开过酒。狗子爱酒，或许胜过爱女人，要不他出版的第一本书也不会书名叫《一个啤酒主义者的自白》。

　　他的这本书不是我看到的他的第一部作品。之前我看过一篇他写他到深圳去干什么事的纪实小说。那东西写得很有意思很是好玩儿，真把我给逗坏了。我曾当面夸他写得好会讲故事，这倒把狗子弄得结结巴巴地直说："是吗?!"

同狗子喝酒也很是好玩儿，他每喝必高，喝高准耍。他耍的最常见方式就是往高处去，他不是登上桌子就是站在椅子上。他摇摇晃晃身子发软，他软软地站在众人的上面必高声朗诵诗。什么"卑鄙是高尚者的通行证，高尚是卑鄙者的墓志铭"……他有意无意地把老北岛的诗全给篡改了。然后，他十有八九要从上面摔下来，但大家大可不必为他担心，他身体软得如同面团儿，摔在地上无声无息可也从没伤着。

狗子好玩儿，这是大家公认的。他若玩疯了，他敢跳脱衣舞。他敢把自己脱得一丝不挂照样在众人面前跳，他才不管不顾呢。

因为他是狗子。狗子就是狗子。狗子绝不同于其他的人。所以也没人能写出狗子那样的作品。不久前，他又出版了一本随笔集送给我，我全看了，这更使我对他的作品喜欢了。

不过，狗子也有忧郁的时候，他忧郁和烦闷时一言不发只管喝酒。有一次我见他就是这副德性，我问他怎么了，他告诉我他又失恋了。原来不久前他结交的一个女朋友又跟他吹了，这使他心里很难受。谁说狗子爱谁谁了，他也有上心的时候。

最近我听说狗子又跑到外地去了，他总是爱往外跑。听说他这次是到贵州一个什么地方要顺江漂流，我一点儿都不为他的安危担忧。狗子能出什么事？他什么事也出不了。我还等着看他写出的新东西，我还等着他回来一起喝酒呢。

于坚

　　很早就知道于坚这个名字，也看到过他和韩东等人早年办的杂志《他们》。但与于坚见面确是没两年的事，他是我最晚见到的一个出生于二十世纪五六十年代的国内著名的诗人。

　　能与于坚见面，这还多亏了诗人麦城，要不是他把我们一同邀请到大连去，我和于坚还不知哪年哪月能遇到呢。因他远在云南，住在昆明，过去是否来过北京我不知道，即使来过我们也无缘一见。所以在大连当麦城告诉我他还请了于坚，这倒引起了我极大的兴致。我心想这小子长得啥样？诗写得挺早，诗名也挺大，可以说在国内诗坛无人不知无人不晓，尤其他的那首长诗《O档案》，更算是一部名篇轰动诗坛。终于，他这个人在我的眼前出现了，说实话，我觉得除了他的那个大秃头和他那戴着助听器的耳朵有些特别外，其他就没什么可惊怪的。反倒是我们彼此都觉得对方像老熟人似的，有一种一见如故感。

　　我们确实一见就聊得很投机。我们在大连相处几日的确开心之极。有的朋友对我说，于坚的那双耳朵可不是一般的耳朵，他是想听见时就什么都能听见，若是不想听见，你说什么他也听不见。我说这耳朵倒是挺不错的，好听的话就听，不好听的话就不听，这得少生多少气啊！朋友说我说得不对，他说不信你骂骂他，他保准立马就有反应。我说原来是这样啊！那他的耳朵可就不怎么样了。他好听的话听不见，骂他的话他倒全听得清清楚楚的，那他也太倒霉了，活着多没劲啊！这只是玩笑，开个玩笑。如果于坚果真如此，他非逮谁骂谁不行。想想可不是嘛，凭什么他就该听人骂他？

其实真没人去骂他，反正我没有听到过。若论写诗，于坚不但具有天赋也极具实力。若论人格和人品，于坚给我的感觉也很正直并且率真。我想听到过他讲话的人首先都会对他的口齿和口音印象深刻，然后便会发觉，他这个人思维敏捷而且极善演说，于坚是一个很能讲明自己观点和很有自己思想的人，别看他有时显得傻乎乎的，记得在大连，一次在酒桌上他问我："你看我像不像个白痴？"我毫不犹豫地回答他："不是你像不像，我看你就是。"他听后乐得什么似的拉我起身去给牛汉那一桌老辈诗人敬酒，他说："我这个白痴来敬你们，还有他。"他把我也算进去了，闹得牛汉老爷子以为我们全都喝多了。

最近一次见于坚是他来北京会见日本诗人谷川俊太郎。谷川先生的诗选刚由中国作家出版社出版，其序就是于坚写的。为此在北京大学还专门为这本诗选搞了个首发式，在京的各路诗人纷纷前来为谷川先生捧场。会上大家都简短地说了几句话，并还各选了谷川先生的一首诗朗诵。会后大家便聚在酒楼谈笑畅饮，没一会儿工夫就已喝醉了不少人。但一直坐在我旁边的于坚虽喝得面红耳赤却始终清醒，末了，也不知因为什么说起了他的太太，我问他她怎么样，他一脸美满地对我说她是他们那里的大美人。我说那你们算是配对了，不是讲要郎才女貌嘛！

臧棣

从北大出来的诗人中，曾与我有过交往和我熟悉的只有四人。海子和骆一禾早逝，这已众所周知。另外还有西川和臧棣，他们俩至今还活跃在诗坛，还在写作，并且跟我来往没断。

尤其是臧棣，我们没准儿哪天就见上一面。他现如今仍在北大，是这四人惟一留在那里教学的。

这么多年我才想起，其实我和臧棣早在1987年便已见过并认识。这还多亏他在一次喝酒时聊到并提的醒。那年北大搞艺术节，我是被当时的学生会请去的，参加诗朗诵。之前一年我也参加过。这是我第二次也是至今为止最后一次参加北大搞的艺术活动。

我竟然给忘了，臧棣就是当时北大学生会的主席。但是我却没忘那次朗诵会热闹的场面，一座很大的礼堂被来听朗诵的学生挤得水泄不通，听他们讲那天来的人有两三千，真可谓是盛况空前。我们这些朗诵者和在校的学生诗人轮流登台亮相儿，只听台下一会儿是掌声，一会儿又嘘声一片。北大的学生那时也太激情了，太爱憎分明，他们情绪激昂又热情高涨。那天到底有哪些诗人参加了朗诵，我已完全记不住了。我只记得会后学生会给一些诗人发了奖。奖品是一本红皮证书，他们也给了我一本。我没顾得上看里面写了些什么，就被几个学生会的头头护送着出了会场，又出了北大的校门。他们对我说学生们的情绪太激动了，已经失控；他们担心有人会认为是我们煽动的，所以让我马上离开。

再见到臧棣已是20世纪90年代后期。他这时已成了著名的诗人，曾出版并送给过我他的一本诗集《风吹草动》。他是一个能把任何事物和感觉都写成诗的人，这充分显示出他的才气和任意挥霍语言的能力。

后来，那是1998年，他又参与编选了《现代汉诗年鉴》。我记得头一次在一起商量此事的有西川、唐晓渡、欧阳江河、我和臧棣等人。而第二次碰面，又来了台湾的老诗人向明。

臧棣也好喝酒，我最初知道他好喝和酒量也不错，是在欧阳江河家。那天欧阳江河特意给我准备了一瓶威士忌，让我和臧棣俩人一气儿都给喝完了。

我和臧棣之后又去大连一起痛饮，那是诗人麦城邀请我们去的，参加他的作品讨论会。在大连臧棣喝酒倒没有给我留下太深的印象，而是他编出谜语让我猜，逗得我差一点儿乐破肚皮。他编出的谜语谜底都是打一个人名。这些人名全是我认识和我熟悉的朋友。臧棣编得十分巧妙，而且又恰当又幽默，让我回味和开心了很久。

臧棣也有喝得大醉的时候，他去年的一次酒醉至今朋友们讲起还津津乐道。那是在北大为日本诗人谷川俊太郎先生在中国出版诗集举行的首发式后，来参加会的各路诗人在一起欢聚饮酒。那天喝醉的人可不少。但惟有臧棣醉得精彩又醉得莫名其妙。他算是主人，但出钱请客的是麦城。麦城把自己的皮包交给他让他去付账，他一去便不回。不一会儿，有服务员来喊说出事儿了！大家一惊，忙跑出去看，只见刚才还好端端的臧棣这时已仰面朝天地躺在柜台前的沙发上。他人事不省，但双手却还死死地把那皮包抱在胸前。更可笑的是皮包里的钱全都撒在了他的身上和地上，皮包里已空空如也。听服务员说他走到柜台前刚把钱掏出来便失去了知觉，真是怪吓人的！

吓人的臧棣其实一点儿都不吓人。他这人个儿头虽高，可人很随和又很文气，倒不如他的诗看着凶猛。应当说他的诗要比他显得强悍得多。

图书在版编目（CIP）数据

重量：芒克集 1971~2010 / 芒克著. -- 北京：作家出版社，2017.4

（标准诗丛）

ISBN 978-7-5063-9106-1

Ⅰ.①重…　Ⅱ.①芒…　Ⅲ.①诗集-中国-当代　Ⅳ.①I227

中国版本图书馆 CIP 数据核字（2016）第 194996 号

重量——芒克集 1971~2010

作　　者：芒　克
责任编辑：李宏伟
装帧设计：合和工作室
出版发行：作家出版社
社　　址：北京农展馆南里 10 号　　邮　　编：100125
电话传真：86-10-65930756（出版发行部）
　　　　　86-10-65004079（总编室）
　　　　　86-10-65015116（邮购部）
E-mail：zuojia@zuojia.net.cn
http：//www.haozuojia.com（作家在线）
印　　刷：北京尚唐印刷包装有限公司
成品尺寸：130×210
字　　数：171 千
印　　张：9.875
版　　次：2017 年 4 月第 1 版
印　　次：2017 年 4 月第 1 次印刷
ISBN 978-7-5063-9106-1
定　　价：46.00 元

标准诗丛

第一辑

我述说你所见：于坚集 1982~2012

塔可夫斯基的树：王家新集 1990~2013

诺言：多多集 1972~2012

我和我：西川集 1985~2012

如此博学的饥饿：欧阳江河集 1983~2012

第二辑

周年之雪：杨炼集 1982~2014

你见过大海：韩东集 1982~2014

山水课：雷平阳集 1996~2014

潜水艇的悲伤：翟永明集 1983~2014

骑手和豆浆：臧棣集 1991~2014

第三辑

害　怕：王小妮集 1988~2015

重量：芒克集 1971~2010

一个人大摆宴席：汤养宗集 1984~2015

一沙一世界：伊沙集 1988~2015

酒中的窗户：李亚伟集 1984~2015